KB063604

로크미디어가
유혹하는
재미있는 세상
ROK
MEDIA
로크미디어

바인더북

바인더북 13

2014년 10월 21일 초판 1쇄 인쇄
2014년 10월 24일 초판 1쇄 발행

지은이 산초
발행인 이종주

기획 팀 이주현 이재범 이기헌
책임 편집 이정규

발행처 (주)로크미디어
출판등록 2003년 3월 24일
주소 서울시 용산구 원효로97길 46 5층
Tel (02)3273-5135 **Fax** (02)3273-5134
홈페이지 rokmedia.com **E-mail** rokmedia@empas.com

값 8,000원

ISBN 979-11-255-8228-1 (13권)
ISBN 978-89-257-3232-9 04810 (세트)

BINDER BOOK

바인더북

13

| 산초 퓨전 장편소설 |

contents

BINDER BOOK

담용의 음모(?)

디리리, 디리리.

딸칵.

—아, 여보세요?

“아직도 한밤중이냐?”

—어? 다, 담용이냐?

“그래. 더 자고 싶다면 끊고.”

—아, 아냐. 그렇지 않아도 일어나자마자 전화할까 했었다.

“왜?”

—왜긴 왜야? 잃어버렸던 돈보다 많은 액수가 들어와서 그렇지.

"그 얘기라면 됐으니까 더는 언급하지 마라."

—씨불넘, 내가 맴이 안 편해서 그렇잖아?

"지랄. 돈이 많이 들어왔으면 좋지 뭘 그래?"

—지랄! 인마, 돈지랄하는 것도 아니고 무려 5억이나 되는 거금이 더 들어왔는데 내가 잠이 오겠냐?

"지금 잘 잤잖아?"

—밤새 고민으로 뒤척이다가 겨우 눈 조금 붙인 것도 잠을 잔 거냐?

"헐! 천하의 김도원도 다 죽었구나. 겨우 5억 가지고 잠을 설치며 벌벌 떨었다니 말이다."

—염병할 놈아, 겨우 5억이라니! 너…… 이거 강탈해 온 돈이지?

"응."

—뭐? 응이라고?

"그래. 강탈한 돈이다 어쩔래?"

—씨불…… 탈은 없고?

"없어. 설사 있다고 해도 네게까지 미칠 일도 없으니까 안심하고 써, 인마!"

—낮도깨비 같은 자식.

"잘됐잖아? 허구한 날 입버릇처럼 말하던 독립 자금이 생겼으니 말이다. 이 기회에 아예 집을 한 채 장만하지그래?"

—그, 그럴까?

"뭐, 그건 네 꼴리는 대로 하고…… 너 내일 별다른 일 없지?"

―아 참. 무슨 일로 전화했냐?

"스케줄 없냐고 묻잖아?"

―어, 없지. 나 실업자잖아.

"그럼 내일 인천공설운동장으로 와라."

―잉? 이, 인천공설운동장?

"응."

―뜬금없이 거, 거긴 왜? 너 혹시 국회의원 출마라도 했냐?

"짜식. 객쩍은 소리는……."

―뭐, 가는 거야 어렵지 않지만…… 무슨 일인지 내용이라도 좀 알고 가자.

"막내 녀석이 육상 선수라 이번 전국 대회에 참가를 했다. 가서 응원도 할 겸 네게 내 식구들을 소개해 주려고 그런다."

―으아! 지, 진짜?

"그래. 인마. 그러니 늦지 말고 9시까지 와라."

―으히히히. 혹시 네 여동생도 오냐?

"썩을 놈이…… 굿에는 관심 없고 그새 젯밥부터 찾냐?"

―크크크…… 새파란 청춘이잖냐?

"뭐라? 새파란 청춘?"

―그럼 아니냐?

"풋! 폭삭 삭은 청춘이겠지."

―씨불넘. 악담을 해라. 제 놈도 마찬가지면서.

"그래도 너처럼 껄떡거리진 않는다."

—우히히히. 아무튼 내게 여동생이 없어서 미안타. 대신 네 여동생을 내게 주면 평생 행복하게 해 줄게.

"걔가 물건이냐? 주고 말고 하게. 아무튼 난 상관하지 않으니까 꾀든 말든 마음대로 해."

—크크큭, 고, 고맙다.

"아무튼 오는 걸로 알고 기다리마."

—그려그려. 틀림없이 갈 텡게 맛있는 거나 많이 싸 와라.

"예? 오빠 친구에게 말동무를 해 주라고요?"

난데없는 부탁이다 싶었던지 혜린이 눈을 동그랗게 뜨고 담용을 쳐다보았다.

"응. 부탁 좀 하자."

"무슨 그럴 만한 이유라도……?"

"요 근래에 큰 충격을 받은 일이 있었다. 지금 우울해하고 있어서 걱정이 많이 돼."

"그래요?"

"응. 가끔은 엉뚱한 면을 보이기도 하지만 정말 괜찮은 친구거든."

"오빠가 인정하는 친구라면 숙녀에게 무례하게 굴지는 않겠네요."

"그 친구는 매너가 너무 좋아서 탈이니 그런 걱정은 하지 않아도 돼."

"그럼 자연스럽게 접근하는 게 문제네요."

"내가 기회를 볼 테니까 네가 눈치껏 슬쩍 끼어들려무나."

"알았어요. 근데 성격이 까다롭지는 않나요?"

절레절레.

"전혀. 오히려 호탕하고 외향적이라 할 수 있는 친구지."

"그럼 금방 해결되겠네요."

"그렇긴 한데…… 충격에서 벗어나려면 뭔가 계기가 있어야 할 것 같아서 네게 부탁하는 거다."

"알았어요. 오빠가 모처럼 하는 부탁인데 제가 힘써 보도록 하죠."

"그래. 고맙다."

2000년 7월 29일.

말복을 이틀 앞둔 해거름 때의 대형 갈빗집.

그야말로 인산인해라 할 정도로 많은 사람들로 북적거리고 있었다.

어른들은 어른들대로 아이들은 아이들대로 갈비와 불고기

를 먹어 가며 목청을 돋워 얘기꽃을 피우는 소리가 완전히 소음이나 다름없다.

그렇듯 소란스러운 가운데 어느 누구 못지않게 대가족을 이룬 담용의 일행들도 야외에 마련된 큼지막한 평상 두 개를 차지하고는 그들 나름의 얘기꽃을 피우느라 여념이 없는 중이었다.

얘기의 주제는 다름이 아닌 담민이가 출전한 전국중고육상대회에 관한 것이었다.

경기가 끝난 지 꽤 지났음에도 종내 아쉬움이 남았던지 아직까지도 끌탕을 하며 안타까워하는 사람은 의외로 곰방대 할아버지였다.

"에잉! 암만 생각혀도 아깝단 말씨. 아까워. 아까워."

"하하핫. 어르신, 또 기회가 있겠지요. 이제 겨우 중학교 3학년인걸요, 뭐."

"뭐, 그렇긴 하지만서두…… 간발의 차이가 너무 아까워서 그려. 그것두 0.1초 차이가 뭐란 말이우?"

"하긴 정말 간발의 차이이긴 했지요. 하지만 어쩌겠습니까? 이미 결정이 난 걸요. 그러니…… 자, 제 술 한 잔 받으시고 툭 털어 버리십시오."

말 상대를 하고 있는 윤상돈도 정말 아까웠는지 대거리를 해 주며 곰방대 할아버지의 술잔에다 술을 채웠다.

쪼르르륵.

"에잉."

쭈우욱.

"커허! 입상이라도 했으믄 술이 달달했을 터인디……."

이 말은 담민이 입상을 못하고 아깝게 4등을 했다는 뜻이었다.

"카아. 오늘따라 술이 우째 이리도 쓰누."

"어? 그래요?

꾹꾹.

윤상돈이 옆에 앉은 마포댁의 옆구리를 찔렀다.

"왜요?"

"어르신이 내가 따라 드린 술이 쓰다고 하시네? 당신이 한 잔 따라 드리구려."

"호호홋. 제가 따르는 술이라고 해서 별다를까요? 그래도 서방님이 시키시니…… 어르신, 제가 한 잔 따라 드릴게요."

"허허헛. 고, 고맙소."

눈웃음까지 치는 마포댁의 애교에 곰방대 할아버지가 너털웃음을 웃으면서 잔을 내밀었다.

이어 술이 가득 차자 단숨에 잔을 비웠다.

"영감, 그러다가 속 버리것우. 여기 안주."

"허허헛."

안성댁이 불고기 한 점을 집어서는 입에 넣어 주자 세상 부러울 것이 없다는 표정을 짓는 곰방대 할아버지다.

“어허. 꽤 맛있구먼. 임자도 좀 드소.”
“먹고 있다우.”
“자자, 김 원장께서도 많이 들지그래.”
“아, 예. 고맙습니다.”
“자, 내 술도 한 잔…….”
“어이구.”
곰방대 할아버지가 권하는 술에 성수병원의 김성수 원장이 황송한 표정을 지으며 술을 받았다.
“그리고 윤 소장도 많이 들게나.”
“아이구. 예, 어르신. 지금 배 터지게 먹고 있는 중입니다.”
“그랴? 그럼 내 술도 한 잔 받게.”
“감사합니다.”
복지관 건립 현장 소장인 윤관수 역시 황감하다는 듯 두 손으로 공손히 술을 받았다.
이제는 모두 한 식구나 진배없는 사이다 보니 곰방대 할아버지를 웃어른으로 대접하는 것만 제외하고는 모두들 허례를 내려놓고 허물없는 사이가 되었다.
고개를 외로 꼬아 술을 한 모금 마신 윤관수가 조심스럽게 입을 뗐다.
“저…… 어르신, 제 기억으로는 담민이가 육상에 입문한 지 이제 고작 육 개월 남짓 됐다고 들었습니다.”
“그야 얼마 안 되긴 했지.”

"제가 경기장에서 화장실을 갔다 오다가 우연히 들은 말이 있었습니다."

"엉? 무슨 말을 들었는데?"

"담민이를 가르치고 있는 박 코치에게 다른 학교의 코치가 담민이에 대해 묻는 내용이더군요."

"호! 그래?"

"예. 그 코치의 말이 고작 육 개월밖에 안 되는 정도의 경력으로 2분 02초면 엄청난 기록이라 하더라고요."

"그, 그랬는가?"

"예. 틀림없이 그렇게 말했습니다."

"그, 그래서?"

"박 코치는 처음 출전한 대회인데도 저렇게 좋은 성적을 거뒀다며 자신도 놀라고 있는 중이라고 하더군요. 또 평소에는 기록이 더 좋았다고도 했고요."

"그렇지. 혜인이 말로는 1분 59초를 끊은 적도 있었다고 했네."

"아! 그래서 이런 말을 했군요."

"엉? 또 무슨 말을 했는데?"

"박 코치는 담민이가 교만해질까 봐 입이 근질거려도 칭찬을 못 해 주고 있다고 하더군요."

"호오! 박 코치가 그런 말을 했단 말이지?"

"그럼요. 제 귀로 똑똑히 들었습니다. 졸업반이라는 게 너무 아쉽다고도 했고요."

"헐! 그런 말까지?"

"예. 그러니 제가 생각해 봐도 담민이가 고등학교에 진학해서는 얼마 지나지 않아서 두각을 나타내지 않을까 싶습니다. 그러니 입상을 못했다고 너무 섭섭해하지 마십시오."

"허허허. 내가 너무 내 생각만 했던 것이 그렇게 표가 났었나? 생전 그런 말을 할 것 같지 않던 윤 소장이 그런 말을 다 하게?"

"아, 아닙니다. 하필이면 두 사람이 그런 말을 할 때 제가 옆에 지나다가 듣다 보니 알려 드려야 할 것 같아서 말한 것뿐입니다."

"허허허. 알았네, 알았어. 아무튼 여러모로 고마우이. 자, 모두 잔을 들게나. 이 늙은이가 건배를 제의하지."

"허허허. 좋지요."

"자아! 모두들 건강하시게나—!"

"어르신도 건강하십시오."

"어르신 내외도요."

그렇게 어른들이 권커니자커니 서로 덕담까지 해 가며 즐기고 있는 사이, 옆의 평상에서 역시 담용을 비롯한 동생들

의 입가에 웃음꽃이 떠나지 않고 있었다.

특히나 일행 중에는 연인인 정인과 휴가를 나온 담수 외에도 특별한 손님이 초대되어 있었는데, 다름 아닌 담용의 절친이라 할 수 있는 김도원이었다.

담용이 김도원을 초대한 일은 조금 의외였으나 그럴 만한 이유가 있었다.

일산의 분양 사기 사건에 연루되어 의기소침해져 있을 김도원의 기분을 풀어 줌과 동시에 죽마고우라고 믿었던 친구에게 배신당한 참담한 심정까지도 어루만져 주려는 것이다.

어쨌든 이곳도 이야기의 초점은 오늘 경기를 치른 담민의 일로 떠들썩했다.

입을 가장 나불대는 사람은 역시나 분위기맨인 혜인이다.

"자자. 담민아, 수고 많았다. 그리고 너무 잘했다. 이건 이 누나가 주는 특별상이다. 히히히. 많이 먹어."

혜인이 큼지막하게 싸 놓은 쌈을 쑥 내밀었다.

"어어. 누나, 너무 크잖아?"

"괜찮아. 입 안 찢어져. 자아, 입 벌리고오……."

"아나……."

슬쩍 주변의 눈치를 보던 담민이 싫지는 않았던지 입을 있는 대로 벌려 넙죽 받아먹었다.

"호호홋. 추계 대회에서는 틀림없이 입상할 수 있을 테니 절대 기죽지 마. 알았지?"

끄덕끄덕.

입안 가득 채워진 터라 대답을 못하고 고개만 주억거리는 담민이다.

"하하핫. 혜인아, 네 행동을 보니 꼭 담민이 매니저 같다."

"어? 작은오빠, 몰랐어?"

"응? 모르다니? 뭘?"

"내가 담민이 매니저이자 영양사인 거 말이야."

"엥? 매니저? 게다가 영양사까지 맡고 있다고? 네가 말이냐?"

믿기지 않는다는 표정을 자아내는 담수에게 혜인이 샐쭉해서는 허리에 손을 척 얹었다.

"칫! 왜 이래? 담민이 매니저가 되기 위해 내가 얼마나 많이 공부했는데……."

"그래? 뭔 공부를 했는데?"

"육상에 관한 지식 말이야. 이래 봬도 웬만한 육상 상식은 줄줄 꿰고 있는 나라구. 이거 왜 이러셔?"

"어? 그, 그러냐?"

"그럼! 담민이 스케줄까지 관리하고 있으니 궁금한 게 있으면 내게 다 물어봐. 뭐든 대답해 줄 테니까. 히히힛."

"푸훗! 네 말을 듣고 보니 네가 무슨 프로 선수 매니저 같아 보인다. 푸하하핫."

"힝! 지금 그거 비꼬는 웃음이지?"

"엥? 그, 그럴 리가……? 다만 좀 믿음직한 것 같지 않아서 그래."

"흥! 두고 봐. 내가 담민이를 반드시 세계적인 선수로 키우고 말 테니까. 쳇! 칫! 핏! 흥이다!"

"후후훗. 알았다. 기대해 보마."

"피이! 두고 보라구."

종내 미덥지 않다는 듯한 눈빛을 내비치는 담수의 말과 태도에 입을 삐죽이던 혜인의 눈에 마침 자신과는 상관없다는 듯 묵묵히 술잔만 들이켜고 있는 김도원의 모습이 들어왔다.

'저 오빤…… 오늘 통 웃는 낯을 못 봤네.'

기껏해야 마지못해 내비치는 쓴웃음 정도가 고작이었던 터라 혜인으로서는 약간 자존심이 상했다.

스스로 집안은 물론 어느 때 어떤 장소에서든 상황에 맞는 분위기를 이끌어 낼 수 있다고 자부하는 혜인이라 망설이지 않고 자리에서 일어섰다.

'흥! 어디…….'

속으로 콧방귀를 뀐 혜인이 소주병을 들더니 김도원에게로 다가갔다.

한편 원래 타고난 성격이 외향적이고 활달한 편이었던 김도원은 아직도 분양 사기 사건에 연루됐던 마음이 완전히 사그라지지 않은 상태였다.

그도 그럴 것이, 적어도 자신의 콩팥 하나 정도는 떼어 줄

만큼 친한 친구라고 여겼던 죽마고우에게 배신을 당한 충격이 결코 작지 않았던 탓이었다.

그런 심리 상태에서 뜬금없이 부르는 담용의 호출에 꿀꿀한 마음을 '에라, 술이나 한잔 하면서 풀어 보자'라는 식의 가벼운 마음으로 응했었다.

물론 담용의 여동생을 꼬여 보자는 것이야 호박꽃일지 장미꽃일지 모르는 상태에서 해 본 말장난이지 그것이 어찌 진심에서 우러나온 마음일까?

한데 대충 짐작이야 하고 왔지만 생각지도 않게 대대적인 집안 행사 같은 분위기에 살짝 당황치 않을 수 없었다.

고로 담용을 제외하고는 생전 처음 보는 어른들과 낯선 동생들 사이에 끼어 있는 자체가 무척 어색한 것이다.

그렇다고 철없는 애처럼 마음에 내키지 않는다고 해서 훌쩍 자리를 떠날 수도 없다 보니 그저 앞에 따라 놓은 술만 연방 마셔 댈 뿐이다.

물론 담용의 식구들과는 담민의 경기가 있기 전에 잠시 수인사를 한 터다.

하지만 아직은 익숙한 면면들이 아니어서 분위기에 쉽게 휩쓸리지 못하고 따로 놀고 있는 것이다.

이는 또래라고는 달랑 담용밖에 없다는 것이 이유이기도 했다.

그나마 미리 취해 버릴까 저어해 술을 반잔씩만 꺾어 마시는 예의까지 차리다 보니 가시방석이 따로 없다.

이를 바라보고 있는 담용이 김도원의 심리 상태를 모를 리가 없다.

김도원의 그런 심리 상태를 짐작하는 담용 역시 그 부분까지는 억지로 어떻게 할 수 있는 입장이 아니어서 그저 술을 권하고 간간이 말을 거는 것으로 지켜보고 있는 중이었다.

아직 혜린이라는 히든카드가 남아 있으니 더 지켜볼 일이다.

그동안은 시끄럽다 싶은 정도의 혜인의 수다가 싫지 않았던지 김도원이 간간이 미소를 지어 보이곤 했다.

"호호호홋!"

대뜸 소주병을 들고는 조금 헤프다 싶은 웃음을 날린 혜인이 옆에 앉은 담수에게 얼른 한 잔 따르고는 이제 막 술잔을 비우고 잔을 내려놓는 김도원의 곁에 바짝 다가와 앉았다.

"도원 오빠, 아깐 얼떨결에 인사를 드렸네요. 다시 인사를 드릴게요. 전 육혜인이라고 해요. 집안에서 넷째구요."

"어? 그, 그래요. 난……."

"호호홋! 말씀을 낮추세요. 한참 동생인데……."

"아, 그, 그래."

"호호호. 오빠 성이 김씨라는 것도 아니까 소개하지 않아도 돼요. 괜찮으시다면 제 술 한 잔 받으실래요?"

"어? 그, 그래도 되나?"

혜인의 서슴없는 행동에 살짝 당황한 김도원이 담용의 눈치를 살폈다.

이제 고등학생일 뿐인 혜인이 술을 따라 주겠다고 하니 당연한 반응이다.

물론 좋은 분위기를 망치는 자신의 모습을 바꿔 보려는 행동이라는 것을 모르지 않지만 오늘이 첫 대면인 미성년자라 당혹스럽다.

한데 한편이 되어 줄 줄 알았던 담용이 어깨만 으쓱하고 딴청을 피운다.

"야……."

"흠, 혜인이가 원래 붙임성이 좋은 아이긴 하지만 별로 친하지도 않은 남정네에게 술을 따라 주겠다니…… 나도 어리둥절하긴 하네."

"그럼…… 받아도 돼?"

"풋! 억지로 따르라고 한 것도 아닌데 뭘 물어보냐?"

"그, 그래도……."

"짜식. 대신 그 술을 받아 마시고 난 다음에는 그놈을 가슴에서 완전히 지워 내는 거다."

담용이 말한 그놈이란 김도원을 구렁텅이로 몰아넣었던 죽마고우, 장세찬을 말함이다.

"알았지?"

"언젠가는……."

당연한 얘기였지만 분노가 도를 넘어 있던 김도원이 선뜻 대답을 하지 못했다.

"더 미룰 것 없이 오늘로 날 잡아."

"젠장. 하긴 그 자식을 떨쳐 내지 못하는 나도 나답지 않다고 여기고 있었다만…… 이러고 있는 내가 그렇게 보기 싫냐?"

"그래."

"젠장. 알지만 그게 잘 안 돼."

솔직히 하나밖에 없는 죽마고우다 보니 아무리 담대한 김도원이라고 해도 이번만큼은 쉽게 잊어버리지 못했다.

하지만 외향적 성격은 천성이었던가.

담용의 거듭되는 재촉에 김도원이 푸념을 털어 내듯 한마디 내뱉었다.

"그래! 네 말대로 그동안 내가 나답지 못했던 것이 영 꺼림칙하던 참이었다."

불쑥.

"그래. 네 술 한 잔 받아 보자."

"네에!"

쪼르르륵.

"혜인이라고 했지?"

"네."

"네 큰오빠가 잘 알지만 내가 원래 성격이 화통한데 요즘 모종의 일로 인해 기분이 영 아니어서 좀 그랬다. 나 때문에 가족들의 좋은 분위기를 망쳤다면 미안하구나."

"호호호. 괜찮아요."

"하지만 말이다, 네가 주는 이 술을 마시고부터는 훌훌 털어 버리련다. 내 약속하지."

"호호홋. 저야 무슨 사정인지 알지 못하지만 도원 오빠가 스스로 사내대장부라고 생각한다면 당연히 그래야 하는 거라고 여겨요."

"홋! 녀석. 네가 나보다 낫다."

쭈우욱.

"캬하! 한 잔 더 주겠니?"

"히히힛. 얼마든지요."

쪼르르륵.

이제야 분위기가 제대로 자리를 잡았다는 듯 혜인이 희희낙락한 얼굴로 혜린을 쳐다보며 눈을 찡긋했다.

사전에 뭔가 교감이 있었던 듯한 모습이다.

"호호홋! 이젠 훌훌 털어 버리고 다시 힘을 내시는 거예요."

"그래그래. 약속하지."

쪼르르르…….

혜인이 재차 따라 주는 술이 잔에 차자마자 단숨에 비운 도원이 다시 내밀었다.

"에구. 두 잔 가지고는 좀 그런데?"

"호호호. 나름 고통이라면 고통인데 알을 깨고 나오려면 석 잔 정도는 마셔 줘야죠."

"어이구! 혜인이 네가 뭘 좀 아는구나."

"헤헤헷. 예전에 큰오빠가 해 준 말인걸요."

"엉? 그래?"

"네. 시야를 넓게 가지지 못하고 감정을 특정한 테두리 안에 가두어 두는 한은 자기 발전을 이루기도 어렵고 포용하는 마음을 지니기는 더 어렵다고요."

"호오! 네 큰오빠가 그런 말을 했어?"

"히히힛. 네."

쪼르르르……

혜인이 잔을 채우는 사이 김도원의 시선이 담용에게로 향했다.

"그런 말을 했었어?"

"글쎄, 기억에 없는데?"

"헹! 큰오빠는…… 제가 고등학교에 입학했을 때 축하한다며 가족들 모두 짜장면 집으로 데리고 가서 해 준 말이잖아요?"

"어? 내가 그랬었나?"

"아유-! 참 내! 작은오빠는 기억나지?"

"글쎄다. 그땐 짜장면 먹기에 바빠서 흘려들었나 보다."

"나두……."

담수에 이어 담민이까지 모르쇠로 일관하자 혜인의 입이 불퉁해졌다.

"쳇!"

입술을 삐죽거린 혜인의 시선이 이번에는 구원을 바라는 눈빛으로 변해 혜린을 바라보았다.

"언니도 기억 안 나?"

"아니. 기억나."

"그치? 내 말이 맞지?"

"그래. 네가 상급 학교에 진학하게 되니 중학교 때처럼 너무 눈앞의 것만 보지 말고 주변의 것도 같이 살펴서 세상을 폭넓게 바라보는 눈을 기르라는 뜻으로 말한 적이 있었어."

"히히힛. 도원 오빠, 들었지요?"

"어? 그, 그래."

탁.

"자, 한 잔 더 하세요."

쪼르르르.

"네…… 큰오빠가 원래 나이답지 않게 신중한 사람이다. 내가 배울 점이 참 많은 친구지. 꼭 애늙은이같이 말이다."

"그건 어렸을 때부터 일찌감치 집안을 책임진 가장이 되다 보니 마음이 겉늙어서 그래요."

"나도 대충은 알아. 글고 세상을 다 산 늙은이같이 재미가 없는 사람이기도 하고."

"후후훗. 맞아요."

"야! 웬 악담이냐?"

"푸헐! 동생들이 다 알고 있는 악담도 있냐?"

"헐! 농담까지 하는 걸 보니 이젠 털어 낸 모양이구나?"

"털어 내야지 별수 있냐? 언제까지 그 자식을 생각하며 씹어 댈 수도 없으니 어쩌겠어. 글고 이렇게 어여쁜 혜인이가 내 기분을 풀어 주려고 애를 쓰는데 계속 꽁하고 있어서야 되겠어?"

"잘 생각했다. 자, 한 잔 받아."

"흥! 싫다."

"엉?"

"내가 왜 멋대가리 없는 네 술을 받냐? 옆에 이렇게 예쁜 동생이 따라 주는 맛있는 술이 있는데. 혜인아, 안 그러냐?"

"호호홋! 마, 맞아요."

기분이 많이 풀린 김도원의 반 농담에 분위기를 맞추느라 냉큼 술을 따르는 혜인이다.

쪼르르르…….

"오빤 제가 따라 줄게요."

"그, 그래."

담용이 혜린에게 술잔을 내밀며 한마디 했다.

"인마! 나도 네가 주는 술은 안 받아, 짜샤."

"짜식, 질투하기는. 혜인아, 지금 네 큰오빠가 금세 삐치는 거 봤지?"

"헤헤헤. 네."

"헐!"

언제 봤다고 둘이서 호흡이 척척 들어맞는 것을 본 담용이 머리를 젓더니 옆에 앉은 담수에게 술을 권했다.

"담수야, 한 잔 받아."

"예."

"벌써 이틀이 지나 버렸구나."

"그러게요. 사회에서는 시간이 왜 이렇게 빨리 가죠?"

4박 5일간의 100일 휴가가 어느 결에 절반이나 지나 버린 것이다.

"하하핫. 군복무 기간이 조금은 어둡고 긴 터널처럼만 느껴져서 그런 거다."

"사실 훈련할 때는 시간이 금세 가는 것 같은데 제대 날짜를 손꼽다 보면 시간이 정말 안 가는 거 있죠?"

"맞아. 이 형도 그랬으니 네 기분 이해한다. 자, 한 잔 더 해."

"예."

쪼르르르…….

담용이 따라 주는 술을 막 입으로 가져가는 담수의 귀로 김도원의 목소리가 들려왔다.

"저…… 아우님 이름이 담수라고 했지요?"

"아, 예. 제가 육담수입니다. 그런데 말씀을 낮추시지요.

형님 친구분이시면 제게도 형님이신데……."

"아! 도원아, 그렇게 해라. 그리고……."

담용이 혜린이를 시작으로 동생들을 차례로 둘러보고는 말을 이었다.

"너희들에게 할 말이 있다."

"……?"

"이제야 말하는 거지만…… 사실 여기 있는 김도원이란 친구는 이 오빠에게 참으로 금쪽같은 지인이라 할 수 있다. 너희들도 알다시피 그동안 생활이 많이 어려웠지 않았냐?"

"……?"

"차비는커녕 점심 먹을 돈도 없었던 내게 저 친구는 온갖 핑계를 대면서 접근해 나와 밥을 같이 먹으려고 애썼단다. 내가 점심을 굶을까 봐 말이다."

"오, 오빠……."

"혜린아, 신파극이 아니니까 내 말 끝까지 들어."

"네……."

"그뿐인 줄 아느냐? 밥값을 계산함과 동시에 은근슬쩍 차비까지 찔러 넣어 주고는 부리나케 도망을 가곤 했던 친구이기도 하다. 물론 내가 자존심이 상하지 않게 마음을 쓰는 건 당연했고. 그러니 너희들도 도원이 저 친구를 나를 대하듯이 대해 주기 바란다. 난 내 동생들이 도움을 받거나 은혜를 입고도 모른 척하는 사람이라고는 여기지 않는다."

“헤헤헤. 그럼요.”

“당연한 말입니다. 그런 의미에서 도원 형님, 제 술 한 잔 받으시지요.”

“어, 어.”

“늦었지만 형님께 마음을 써 주신 데 대해 감사를 드립니다.”

“그, 그게…… 내가 더 도움을 받아…….”

“자자, 어서 마시고 저도 한 잔 주십시오.”

“어, 그, 그래.”

‘담용이 저 자식…….’

순식간에 사람을 이상하게 몰아간 담용을 살짝 원망스러워하는 김도원이었지만, 술을 받아 놓고 머뭇거릴 수도 없어 단번에 들이켰다.

김도원, 합류하다

탁!

김도원이 잔을 소리 나게 내려놓았을 때다.

뜻밖에도 그의 눈에 비친 것은 술병을 든 채 불쑥 내밀어진 섬섬옥수가 아닌가?

'잉?'

슬쩍 술병을 든 섬섬옥수의 임자를 살펴보니 첫째 여동생인 혜린이었다.

하! 이런 횡재가?

속마음의 실체다.

기실 처음 소개받아 수인사를 했을 때부터 시작해 하루 내내 흘금흘금 훔쳐봤던 예쁜 얼굴의 처자가 혜린이었다.

달랑 하루 만에 흠모의 마음이 생겼으리라고는 생각지 않았지만 호감을 가질 만큼의 대단한 미모인 것만은 틀림이 없었다.

적어도 김도원의 생각에는 그랬다.

게다가 김도원을 사정없이 잡아끄는 매력은 혜린이 보기 드물게도 야무진 인상의 소유자라는 것이다.

그 느낌이 결코 나쁘지 않았던 김도원은 그때까지도 완전히 떨쳐 내지 못했던 앙금이 술병을 든 혜린을 본 순간 말끔히 사라지는 것을 느꼈다.

뭐, 간단히 말하면 혜린이 작전 세력으로 끼어들었든 말았든 상관없이 한눈에 뻑 갔다는 얘기다.

그런데 조금 걸쩍지근한 것이 친구의 여동생이라는 점이 김도원의 심사를 약간 어지럽히고 있었다.

마음에 들면 대시부터 하고 봤던 성격을 함부로 표출시킬 수 없는 것이 조금 아쉬웠다.

하지만 담용에게 농담일지라도 꾀고 말겠다고 선전포고를 해 놓았던 것이 위안이 됐다.

뭐, 앞서 말했듯 장난이 반이었던 터라 진심이 결여된 것이긴 하지만 시작이 별로 나쁘지 않은 느낌이다.

"저…… 제가 한 잔 따라 드려도 되겠어요?"

"아, 예, 예."

조금은 수줍게 권하는 혜린의 태도에 김도원이 얼떨결에

잔을 내밀었다.

쪼르르르…….

"오빠를 도와주셨다니 감사드려요."

캬하! 예의도 바른 데다 목소리까지 꾀꼬리다.

"아, 아닙니다. 사실은 제가 더 큰 도움을 받……."

"아무튼요."

"예?"

"저희 집안에서 오빠의 말은 절대적이에요. 그런 만큼 허투루 말할 분이 아니라는 거죠."

언뜻 듣기에 담용이 절대적인 가부장으로서 독재자라는 말처럼 들렸지만, 지금 이 시점에서 중요한 것은 혜린과 말을 나눌 수 있다는 점이었다.

"아, 예. 회사에서도 그런 면이 있는 친구였지요. 자, 제 술도 한 잔 받으시죠?"

김도원이 술병을 들자 혜린도 처음의 수줍음을 떨쳐 버렸는지 술잔을 내밀었다.

"네. 주세요."

선뜻 내미는 술잔에 김도원은 의외로 당돌한 면도 있다고 여겼다. 아니, 당연한 행동인데도 그렇게 여겨진 건지도 모르겠다.

쪼르르르…….

"사실은 담용이 저 친구의 입에서 말이 나오기 전에는 선

불리 말을 꺼낼 수 없지만…… 얼마 전에 제가 큰 도움을 받았습니다. 그것도 이전의 도움이란 것들이 비교도 되지 않을 정도로 큰 도움을 말입니다.”

기실 앞서 언급했듯 김도원은 담용의 도움으로 손해를 본 돈을 완전히 복구한 상태였다.

아니, 더 많은 돈을 받았던 터라 오히려 전화위복이 된 셈이었다.

하지만 일의 전말을 잘 모르는 저간의 일들을 말해 줄 수 없는 터라 뜬금없이 내뱉는 말을 혜린이 알아듣기에는 무리가 있었다.

“후후훗. 뭔 일이 있었는지는 모르겠지만요, 오빠가 언제나 입버릇처럼 말하는 게 있어요.”

“……?”

“사람은 겪어 본 만큼 알고, 아는 것만큼 느낀다고요.”

“……?”

“그 말은 알고 느낀 대로 행하라는 얘기예요. 즉 상대에게서 티끌만큼의 도움을 받았을지라도 내가 체감한 정도가 태산만 하다면 그만큼 갚아야 한다는 얘기예요. 아마 오빠가 도원 오빠에게 도움을 준 일이 있다면 거기서 기인했을 거예요.”

‘참…… 할 말 없게 만드네.’

혜인이도 그랬지만 혜린이까지도 담용의 말을 잊지 않고

기억하고 있다가 적재적소에 써먹는다.

근데 그것이 이치에 딱 맞으니 할 말이 궁색해진다.

"흠. 언제나 느끼는 거지만 담용이 저 친구는 비록 내 친구지만 그릇의 크기가 남다르다는 걸 압니다. 내가 감히 잣대로 잴 수도 없을 정도로요."

"호호홋. 그런 오빠를 감동시킨 사람 역시 보통 그릇은 아니겠죠?"

"엥? 그게 그렇게 해석이 되나요?"

듣고 보니 제 낯짝을 세운 격이 되어 머쓱해진 김도원이다.

"네. 제가 풀이한 해석은 그게 정답이라고 말하네요. 호호홋."

"하하핫."

"우리 건배해요."

"건배의 의미는 뭡니까?"

"마음의 앙금을 걷어 낸 기념요."

"하! 그렇게 표시가 났습니까?"

"후후훗. 약간요."

"뭐, 좋습니다. 이젠 다 털어 버렸으니 건배할 자격이 생겼네요. 자!"

쨍!

소주잔이 부딪치는 소리가 달아오른 분위기만큼 경쾌하게 들렸다.

그 소리는 주위의 이목을 자연스레 두 사람에게로 쏠리게 만들었다.

두 사람을 본 담용이 아직도 김도원에게 찰싹 달라붙다시피 하고 있는 혜인에게 슬쩍 눈짓을 했다.

이에 혀를 쏙 내민 혜인이 의미심장한 표정을 짓더니 살며시 일어나 제자리로 돌아갔다.

"그리고 오라버니 친구시니 말씀을 낮추세요."

"그건 차차……."

담수와는 달리 혜린이 솔찮은 나이의 여자인 까닭에선지 말을 놓는 것이 어색했던 김도원이 얼버무리며 슬쩍 화제를 돌렸다.

"그보다 정말 부럽군요."

"네? 뭐가요?"

"오 남매의 분위기가 말입니다."

"아, 네."

"아울러 담용이 저 친구가 그리도 열심히 일을 하는 것이 모두 가족이란 힘에서 기인한 것임을 알았습니다."

"아아. 그 말은 맞아요. 오빠 가족에 대해, 아니 동생들에 대해서는 유달리 책임감이 강하세요."

"예. 압니다. 부모님을 여읜 뒤부터 어쩔 수 없었다고 하더군요."

"오빠의 고생은 전부 동생들 때문이었지만 오늘은 무거운 얘기는 하지 않기로 해요."

"그러죠. 전 동생이 없어요. 다섯 살 위인 형님만 한 분 계시죠. 아, 어머님하고 형수 그리고 조카 녀석까지 해서 모두 다섯 식구네요."

"저흰……."

"알아요. 조부모님까지 합쳐서 일곱 식구라는걸요."

"호호홋. 곧 여덟 식구가 돼요."

혜린이 정인을 가리키며 살포시 웃었다.

"그렇군요. 저 친구가 애인에 대해서는 일언반구도 하지 않아서…… 까맣게 몰랐습니다. 그 때문에 오늘 정인 씨를 보고 난 다음 엄청난 배신감을 느꼈죠."

"후후훗. 도원 오빠도 애인이 있으실 것 같은데요?"

"엑! 제, 제가요?"

확신하듯 한 혜린의 짐작에 화들짝 놀라는 시늉을 하며 눈을 크게 뜨는 김도원이다.

"네. 아닌가요?"

"담용이 저 친구가 그래요? 제게 애인이 있다고?"

"아뇨. 그냥 딱 있어 보여서요."

'헐! 딱 있어 보인다고?'

한때의 카사노바 기질이 아직도 남아 있는 것만 같아 흠칫하는 김도원이다.

"그것도 많이요."

"헉! 제가 나, 난봉꾼으로 보입니까?"

"호호홋! 난봉꾼까지는 아니고요. 근데 그렇게 놀라시는 걸 보니 속을 들켰거나 아니면 어이가 없거나 둘 중 하나겠네요."

"에혀! 그거 여자의 감…… 그런 겁니까?"

"아뇨. 그냥 첫인상이 나쁘지 않고 성격이 외향적일 것 같아서 넘겨짚어 본 거예요."

'휴우―!'

사람 식겁하게 만들기는 담용이나 혜린이나 만만치 않았다.

"끙! 뭐, 솔직히…… 사귀다가 헤어진 여자야 대학 때부터 치면 손에 꼽을 수 없을 정도로 수두룩하긴 했죠."

"어머! 했다라고 하면 과거형인가요?"

"예."

퍽퍽퍽.

답답했던지 김도원이 자신의 가슴을 마구 쳐 댔다.

"하지만 여기…… 이 가슴에 담고 평생을 같이할 여자는 없더라고요. 그래서 아직 솔롭니다."

"저런! 눈높이를 좀 낮추시지 그러셨어요?"

"큼. 제 눈높이는 대한민국 남아들과 절대 다르지 않은 지극히 평범한 평균치라고 자신합니다."

"호호홋. 그럼 곧 좋은 분 만나실 거예요. 자요, 좋은 분 만나시라는 의미에서 한 잔 더 받으세요."

"어? 그거 좋죠."

쪼르르르…….

"근데…… 혜린 씨는 사귀는 사람 없어요?"

"어머! 혜린 씨가 뭐예요? 그냥 이름을 부르세요. 말도 낮추시고요."

"아아. 그거야 좀 더 친해지면 그때……."

"전 벌써 친해졌다고 여기는데 도원 오빠는 안 그런가 봐요?"

"어? 그, 그런 말이 아닌데……."

'하아. 뭐가 이리 빨라?'

그리고 이들 자매는 사람 당황하게 만드는 재주가 탁월한 것 같다.

그것도 생글생글 웃어 가면서 사람을 녹인다.

그런데 불여우 같은 간살스러움이 없어 전혀 싫지가 않다.

"후훗. 속으로 뭐가 이리 빠르냐고 했죠?"

흠칫!

"저희도요. 저희 오빠가 보증한 사람이 아니라면 그냥 데면데면 대했을 거예요. 하지만 오빠가 보증한 사람에게는 경계할 이유가 없죠."

"헐!"

혜린의 말을 들은 김도원이 조금은 황당하다는 눈빛으로

담용을 쳐다보았다.

'어쭈! 딴청을 부려?'

담용은 결코 먼 거리가 아님에도 듣고도 모른 척하는 건지 알 수 없는 표정이다.

아니, 담수와의 대화에 열중하느라 듣지 못한 것 같기도 하다.

'얼라? 우리 둘은 아예 떼 놓고 지들끼리만 노는 건가?'

그러고 보니 달랑 혜린과 자신만 떼 놓은 채 한쪽으로 몰려서는 희희낙락하고 있는 것이 아닌가?

김도원은 뭔가 의도적인 냄새가 났지만 결코 싫지 않은 이 현실을 깨고 싶지는 않았다.

마침 혜린이 말을 걸어와서 얼른 시선을 맞췄다.

"저를 비롯한 동생들은요, 오빠를 존경해요. 그러니 오빠가 인정한 사람이라면 백 퍼센트 신뢰하는 거죠."

"에? 조, 존경한다고요?"

"네. 무조건요. 왜, 이상해요?"

"아아. 이상하다기보다는……."

'헐! 동생들에게 존경을 받는 형과 오빠라…… 이거 가능한 거야?'

부모님이라면 몰라도, 아니 그것조차도 흔하지 않은 세상이다.

한데 형이나 오빠가 동생들에게 존경받기에는 좀 아니지

않은가 싶었다.

그것도 젊디젊은, 나이 서른도 못 채운 상태에서 말이다.

'하여간 이해가 불가한 놈이라니깐.'

김도원은 오늘따라 담용이 새삼스럽게 보이고 또 그로 인해 여러 번 놀라는 중이었다.

소위 곰방대 할아버지라 불리는 어르신 내외를 비롯해 윤선생 내외 그리고 성수병원 원장과 건설 현장 소장이란 분들과 수인사는 했지만 이분들이 담용을 대하는 태도와 말투에서 자신, 아니 또래들과는 차원이 다른 대우를 받고 있다는 느낌이 확 든 데다, 혜린에게서 '오빠를 존경한다.'라는 말까지 듣게 되자 담용이 달리 보이는 것이다.

김도원은 자신의 형인 김재원을 단 한 번도 존경하는 마음을 가져 본 적이 없어 그 말이 생소하기까지 했다.

놀랍고 생소한 말이긴 했지만 어쨌든 지금은 목전에 다른 주제가 주어진 상태라 거기에 집중할 때다.

혜린을 꾀는 것이 지상 명제가 된 것이다.

"정말 반말해도 되겠어요?"

"그럼요. 벌써 술을 몇 잔씩이나 같이 마신 사인데 도원 오빠가 존댓말을 하면 거리감이 느껴지잖아요. 전 지금 오빠 하나 더 생긴 기분이라 편한 마음으로 대하고 있다구요."

'헛! 그렇게까지?'

의외로 적극적인 태도를 보이는 혜린을 대하고 보니 김도원은 자신이 꼭 옹졸한 사람이 된 것 같은 기분이 들었다.
그래서 그런 기분을 털어 버리려는 듯 크게 웃어 댔다.
"파하하핫. 나야 아무리 친구 동생이라지만 남자도 아니고 여잔데…… 그리고 이제 막 만난 터라 호칭 정리가 쉽지 않아서 그래요."
"또 그런다."
혜린이 가자미눈까지 해 가면서 표정이 샐쭉해지자 김도원이 얼른 술잔을 비우더니 입을 열었다.
"아아. 미안. 알았어, 알았다구. 그럼 이제부터 편하게 대한다?"
"호호홋. 이제야 제대로 됐네요."
"좋아. 나도 친구 동생에게 '씨' 자를 붙이고 말을 높이는 게 영 마음에 들지 않던 참이었다. 원래 내가 그런 성격도 아닌데 말이야."
"푸후후훗."
"킁! 웃지만 말고 조금 전에 물었던 질문에 대답해 보지 그래."
"제가 사귀는 남자가 있냐구요?"
"응."
"글쎄요."
"엉? 글쎄라니? 그렇게 애매모호한 대답도 있나?"
"호호호. 회사에 출근만 하면 보는 사람이 있긴 한데 아직은 좀 설익은 상태라 잘 모르겠어요."

"호오! 설익은 상태라면…… 아직까지는 딱히 사귀고 있는 남자가 없단 뜻으로 해석해도 되나?"

"아마도요."

"쯧! 모두들 눈들이 삐었군."

"네?"

"아! 생각을 해 봐. 혜린이 정도의 미모라면 엄청난 경쟁률로 골치가 지끈지끈 아파야 정상인데 아직 변변한 애인 하나 없다니 말이 돼?"

"어머머!"

"왜? 내 말이 틀려?"

"호호…… 호호호홋!"

괜히 열을 내며 열변을 토해 대는 김도원의 모습에 혜린의 입에서 소프라노 톤의 웃음소리가 터져 나왔다.

부천 심곡동 복사골종합복지센터 공사 현장.

일요일 정오 무렵이다.

휴일도 잊은 채 쿵쾅거리는 소음이 만연한 공사 현장으로 담용과 김도원이 들어서고 있었다.

규모가 결코 작지 않은 공사장을 본 김도원이 어리둥절한 기색으로 담용을 쳐다보았다.

아마도 그 어떤 언질도 없이 무작정 끌려온 듯한 표정이다.

"다, 담용아, 여긴 왜……?"

"그냥 따라와 봐."

김도원의 어깨를 툭 친 담용이 앞장을 서더니 말을 이었다.

"너…… 분명히 내가 하자는 대로 하기로 했다."

"내게 해가 되는 일이 아니라는 단서가 붙었잖아?"

"그럴 리 없다는 건 네가 더 잘 알면서 또 그 소리냐?"

"젠장. 좀 불안해서 그래. 그리고 내게 노가다 같은 일은 시킬 생각도 말어."

"그 자식 참 말 많네. 그냥 조용히 따라오면 알게 될 일을 가지고."

그렇게 김도원을 한차례 째려본 담용이 임시 사무실로 사용하는 기다란 컨테이너로 향했다.

"쳇! 도깨비 같은 녀석……."

쿠릉. 쿠르르릉.

크르르. 크르르르…….

덤프트럭과 굴착기들의 요란한 소음이 귀를 따갑게 하며 정신없이 오가는 가운데 김도원은 담용의 뒤를 졸래졸래 따라갔다.

덜컥!

막무가내로 출입문을 열고 들어서는 담용을 불안한 눈초리로 쳐다보던 김도원의 눈에 의문의 빛이 떠오른 건 금세였다.

'어라? 저, 저분은……?'

그랬다.

활짝 열린 출입문을 통해 드러난 실내에는 어제 만났던 곰방대 할아버지를 비롯해 몇몇 낯익은 얼굴들이 있는 것이 아닌가?

심지어는 담용의 피앙세인 정인 씨까지 눈에 들어오고 있었던 것이다.

"뭐 해? 들어오지 않고?"

"어? 그, 그래."

담용의 재촉에 허둥지둥 들어선 김도원이 넙죽넙죽 인사부터 해 댔다.

"아, 안녕하세요, 어르신. 또 뵙습니다."

"허허허. 어서 오게나."

"어서 와요."

"또 보네그려."

곰방대 할아버지와 윤 선생 그리고 윤 소장까지 나서서 김도원을 반갑게 맞아 주었다.

어른들 앞이라 정인에게는 눈빛으로만 알은체를 한 김도

원에게 곰방대 할아버지가 자리를 권했다.

"그리로 앉지."

"아, 괘, 괜찮습니다."

"이제는 어르신이 아니라 이사장님이라고 불러야 하지 않나?"

"예?"

윤 선생, 즉 윤상돈의 말에 어리둥절한 표정으로 되묻던 김도원이 담용을 쳐다보았다.

"후훗. 도원이 너…… 취직됐다."

"뭐? 취, 취직?"

"그래. 너 경영학 전공했지?"

"그야…… 근데 내 전공은 왜 물어보는 건데?"

"이곳 공사가 완공되면 뭐 하는 곳이 될지는 대충 눈치챘겠지?"

"조감도에 복지센터라고 쓰여 있더구만."

"그래. 보다시피 여기 계신 분들이 복지센터를 이끌어 가는 직원 전부다. 할아버님은 이사장님이시고 윤 선생님은 병원 원장님 또 윤 소장님은 완공한 후에 제반 관리를 맡으실 분이시지. 그리고 정인 씨는 회계학을 전공한 덕에 재정이사를 맡을 예정이다. 근데 말이다."

"……?"

"젊고 패기만만한 경영자가 없어 한참을 고민하다가 네가 적격이다 싶은 생각이 들지 않겠냐? 진즉에 결정한 거지만 아직 시간이 있다 싶어서 네게 말을 못 하고 미뤘던 거다. 하지만 이제 때가 됐다 싶어서 어른들께 말씀을 드렸지 않았겠냐?"

"나, 나를?"

"응. 어른들께서도 어제 너를 보고 난 다음 모두 마음에 든다고 하셨다."

"그, 그럼 어제가 나도 모르는 내 면접날이었냐?"

"후후훗. 본의 아니게 그렇게 된 셈이지만…… 지금은 너만 오케이하면 만사 통과인 셈이지. 네 생각은 어떠냐?"

"헐! 번갯불에 콩 볶아 먹는 것도 어느 정도지…… 다, 당장 결정해야 하는 거냐?"

"그래. 미룰 것 뭐 있냐? 너를 무시하는 것이 아니라 이왕지사 실업자 신세도 됐고, 딱히 세워 놓은 계획도 없잖아?"

"야! 계획이 왜 없어?"

"쿠쿠쿡. 그래. 네 말대로 있다고 쳐! 하지만 그 계획은 포기해야 할 거다."

"아니! 왜?"

"넌 이미 스카웃비까지 받았으니까. 그러니 네겐 선택의 여지가 없어."

"뭐? 그, 그럼 그 돈이 내 스카웃비였냐?"

김도원의 뇌리로 불현듯 며칠 전에 받았던 거액의 돈이 떠올랐다.

그것도 물경 5억이란 거액!

"하하핫. 엄청난 스카웃비였다고 생각하지 않냐?"

"그, 그…… 끄으응."

'씨파! 여, 엿 됐다.'

김도원이 무슨 생각을 하든 담용은 제 할 말만 해 댔다.

"직급은 총괄본부장이고, 월급은……."

힐끗.

담용이 정인을 일별하고는 말을 이었다.

"정인 씨가 알려 줄 거다. 아직 연봉제에 대해 익숙지 않은 어른들이시라 그렇게 정했다. 앞으로는 네가 정인 씨와 의논해서 직원들 연봉을 책정하는 데 관여해 주기 바란다."

"자, 잠깐만!"

자신도 모르게 모든 것을 결정해 놓고 일사천리로 설명해 대는 담용의 태도가 마뜩지 않은 김도원이 제동을 걸고 나섰다.

"그래. 질문이 있으면 해."

"지, 지금…… 네가 말하는 모든 내용이 어른들께서 인정한 것들인지를 알고 싶다."

"당연하지. 의심스러우면 당장 여쭤 보자구."

빙긋 웃은 담용이 곰방대 할아버지를 쳐다보며 물었다.

"할아버지, 이 친구가 제 말을 못 믿는 것 같은데요?"

"의심할 것 없다. 담용이 한 말은 한 치의 거짓도 없는 사실이다. 그러니 도원이 네가 좀 도와줘야겠다."

"아, 예…… 하지만 제게 그런 능력이 있을지 모르겠습니다. 차라리 경험이 많은 전문 경영인을 영입하시는 게…… 그렇지 않으면 실망할지도 모릅니다."

"크흠. 영리를 목적으로 하는 기업도 아닌데 전문 경영인이 왜 필요해? 우린 똑똑한 경영인보다 활기찬 젊은 피가 필요해. 그리고 무엇보다도 여기……."

곰방대 할아버지가 가슴에 손을 대더니 말을 이었다.

"가슴이 따뜻한 사람이 필요하지. 여긴 갈 곳 없는 어린아이들과 의지할 곳 없는 노인들이 머무는 곳이니 말이다."

"네에……."

"어제 하루 지켜보니 난 자네가 마음에 들더군. 뭐, 담용이의 적극적인 추천이 큰 몫을 하긴 했지만 우리 마음에 든 것은 더 중요한 사항이라 할 수 있지."

"……!"

"그리고 지금부터 자네가 무엇보다 먼저 할 일이 있네."

"……?"

"속히 사회복지사 자격증을 따도록 하게."

"아! 그게 있어야 합니까?"

"암은. 직급이 총괄본부장이면 그런 자격증 정도는 구비하고 있어야 하는 건 기본이지. 아울러 그걸 공부하는 과정에서 복지에 대해 많은 걸 알 수 있으니 일거양득이지 않겠냐?"

"그렇군요. 잘 알겠습니다."

툭툭.

"도원이 너라면 머리가 명석하니 금세 취득할 수 있을 거야."

"끙. 너무 갑작스러운 일이라 도통 뭐가 뭔지……?"

엄살이 아니라 갑작스럽게 닥친 일로 인해 실지로도 어질어질해지는 김도원이다.

"후후훗. 급여가 궁금하지 않냐?"

"그건 의논해서 결정하는 것 아냐?"

"푸훗! 스카웃비까지 받은 넌 결정권이 없어."

"뭐? 그럼 이미 정해져 있단 말이야?"

"응."

"끙."

김도원이 끌탕을 하는 것은 불만이라기보다는 자신의 의사가 전혀 반영되지 않았다는 데 대한 반항이었다.

하지만 불면 훅 꺼질 작은 몸짓에 지나지 않음을 모르지 않았다.

"근데 넌 직책이 뭔데?"

"나?"

"그래, 너 말이다!"

"난 아무런 관계도 없는데……."

"뭐? 아무것도 아니라니?"

"진짜야. 난 그냥 이사장님인 할아버지의 손자일 뿐이야."
"손자일 뿐이라니? 진짜로 그것밖에 없어?"
"그렇다니까."
"이런…… 그러니까 네가 이사장님의 손자 자격으로 날 취직시킨 거란 말이지?"
"그게 뭐 어때서?"
"하! 그거 백으로 들어가는 낙하산 인사라는 거잖아?"
"푸헐! 인마! 직원이라곤 달랑 네 사람인데 그게 무슨 낙하산 인사야? 발기인이라고 해야 맞지."
"엉? 바, 발기인?"
"그래, 짜샤. 발기인!"
"흠, 그으래?"
'흠, 발기인이라…….'
그렇다면 결코 나쁘지 않은 선택이고 감지덕지해야 할 판이다.
하지만 여전히 자신만 일방적으로 당하는 기분인 김도원이 다시 따지고 들었다.
"그렇다면 담용이 넌 복지센터와 아무런 관련이 없다 이거네?"
"뭐…… 그런 셈이지."
향후에 자연히 알게 될 일이라 굳이 투자자라고 말할 이유가 없어 얼렁뚱땅 넘기는 담용이다.

"하면 미래의 후계자냐?"

"엉? 후, 후계자?"

"그래. 이사장님이 은퇴하시면 물려받아야 할 사람이 있어야 할 것 아니냐?"

"어? 그런 건…… 생각해 본 적이 없는데?"

담용의 시선이 다시 곰방대 할아버지에게로 향했다.

"케헴. 후계자 맞다."

생각할 것도 없다는 듯 대뜸 인정해 버리는 곰방대 할아버지다.

"크크큭. 그렇다고 하시는데?"

"씨……."

'복도 많은 놈.'

김도원의 표정이 묘하게 일그러졌다.

툭툭툭.

"이봐, 앞으로 잘하라고."

'빌어먹을…….'

"글고 말이다."

담용이 이맛살에 주름이 잡히는 김도원의 귀를 슬쩍 잡아당기며 밖으로 나왔다.

"아아아. 야야! 말로 해!"

"너……."

"왜? 내가 뭐 어쨌다고?"

"짜샤. 그렇게 눈치가 없냐?"

"엉? 내가 눈치가 없다니? 무슨 말이야?"

"에구, 이 녀석아. 여기서 근무하다 보면 내 동생 혜린이와 접촉할 시간이 많아진다는 걸 몰라서 그래?"

담용의 입에서 혜린이란 말이 나오자 대번에 표정이 변하면서 급 관심을 보이는 김도원이다.

"엉? 그, 그게……?"

"너, 혜린이 마음에 들지?"

"그, 그야…… 히히힛. 눈치챘냐?"

담용의 직설적인 물음에 잠시 당황하던 김도원이 이내 얼굴에 철판을 깔고는 히죽댔다.

'후후후. 짜식, 내가 의도한 건데 그걸 모르겠냐?'

내심이야 그랬지만 시치미를 딱 뗀 담용이 눈을 흘겼다.

"새끼, 예쁜 건 알아 가지고."

"흐흐흐. 그래, 예쁘더라. 특히 마음 씀씀이가 더 예뻤어."

"근데 걔한테 골키퍼가 있는 것 같은데, 자신은 있냐?"

"푸하하하! 그건 염려하지 마라. 너만 허락한다면 거미손이라 불리는 야신이 지키고 있다 해도 뺏어 올 자신이 있으니까."

"그으래?"

"엉? 뭔 눈초리가 그리 요상하냐? 혹시 또 다른 암초라도 있는 거야?"

"글쎄다. 풍문에 듣기로는 사귀는 남자가 엄청난 부잣집 아들이라고 해서 말이다."

"뭐라? 부, 부잣집 아들?"

기억 저편의 일을 상기한 담용이 지레짐작으로 내뱉은 말이었지만 김도원으로서는 꽤나 충격적인 소식이었다.

"응."

갸웃.

"이상하다. 그럴 리가 없는데……."

"어? 이상하다니! 혜린이에게 들은 말이라도 있어?"

"그게…… 조금 애매모호한 말이라서……."

"뭔데? 빨리 말해 봐."

"그게 말이다, 남자가 있긴 있는 것 같은데 혜린이의 말에 의하면 아직은 정식으로 사귀는 것이 아닌 것 같아서 말이다. 뭐랄까? 아직은 서로 간만 보고 있는 중이라고나 할까?"

'호오! 아직은 푹 빠진 게 아닌 모양이네.'

가슴을 쓸어내릴 정도로 다행이다 싶은 담용이었다.

"그리고 이런 말까지 하더라."

"뭔 말?"

"자기가 마음에 들어도 오빠의 허락이 있어야 교제를 할 수 있다고."

"커허험험. 녀석이 별걸 다 말했군."

"짜식. 난 네가 정말 존경스럽다니까. 정말이야."

"됐고. 근무할 거지?"

"혜린이가 여길 자주 온다면서?"

"그거야 당연하잖아? 할아버지와 정인 씨를 보려고 가끔 들르기도 하고 바쁠 때는 일손을 거들기 위해서라도 자주 오는 편이긴 하지."

자주는 아니었지만 가끔은 그런 경우도 있었으니 아주 거짓말을 한 건 아니다.

"히히힛. 좋아. 내일부터 출근하도록 하지."

"탁월한 선택이다. 그런 의미에서 악수!"

덥석.

"담용이 너…… 내가 혜린이와 교제하는 거 허락하는 거냐?"

김도원이 손아귀에 힘을 주며 담용의 손을 꽉 쥐었다.

마치 허락하지 않으면 손목을 부러뜨리고 말겠다는 듯이 말이다.

가소로운 행동이었지만 나름대로 진지한 표정을 내보이는 김도원의 모습에 담용이 고개를 끄덕였다.

"그래. 너 정도라면 내 동생을 맡길 수 있다고 생각한다. 잘해 봐라."

"히히히힛."

"인마, 그렇게 낙관하지 말고 혜인이를 통해서 혜린이의 놈 씨에 대해 더 알아봐. 나도 혜린이가 고집을 부리면 어쩔 수 없는 일도 있으니까.”

“흐흐흐. 걱정 마라. 내가 카사노바 노릇은 진즉에 접었지만 기질까지 죽지는 않았다고.”

‘푸헐! 카사노바는 무슨……?’

말은 저렇게 하지만 장난 수준을 벗어나지 못한 한때의 놀이였음을 아는 담용이다. 술이 좀 과해서 그렇지 여자에게 책임질 일을 한 적이 없다는 것도 안다. 만약 김도원의 사생활이 문란했다면 친구로 두지도 않았을 것이다.

그래도 한마디 하지 않을 수 없었다.

“짜식아, 기질까지 다 죽여!”

“알아, 안다고. 하지만 혜린이를 내 피앙세로 만들기까지만 살려 놓을 거다. 나도 더 늦기 전에 안정을 찾아야 하지 않겠냐?”

“헐! 철들자 죽는다던데 괜찮을지 모르겠네.”

“새끼, 초를 쳐도…….”

“인마, 여자만 보면 헬렐레하는 버릇이 또다시 나오기라도 하면 그땐 내가 직접 나서서 뜯어말릴 테니까 그렇게 알아.”

동생들이 담용을 대하는 것을 보면 괜히 하는 말이 아닌 듯 느껴져 협박도 메가톤 급으로 다가온다.

당연히 김도원이 졸 수밖에.

“넵! 명십하겠슴돠!”

"좋아. 나도 잘 부탁해."

"염려 마라. 신줏단지 모시듯이 모실 테니까."

"녀석……."

김도원이라면 그럴 수 있음을 아는 담용이라 괜히 기분이 좋아졌다.

"근데 너 말이다."

"……?"

"내가 딱 보니 집안에서 네가 완전 대장이더라. 그것도 완전 폭군, 아니 엄청난 독재자 같은 작자더라구."

"알면 됐다."

"엥?"

뭔가 변명을 바랐던 물음이었는데 순순히 수긍하고는 쿨하게 돌아서는 담용의 모습에 김도원이 맹한 표정을 자아냈다.

그때 출입문에 선 정인이 담용에게 말했다.

"담용 씨, 식사해야죠?"

"그럼요. 해야죠."

"뭐 드시고 싶은데요?"

"그냥 현장 식당에서 먹죠."

그때 담용의 어깨 너머로 김도원의 얼굴이 내밀어졌다.

"정인 씨! 메뉴가 뭡니까?"

"호호홋. 한식인데 뷔페식이니까 도원 씨가 좋아하는 걸로 골라 드시면 될 거예요."

"오오옷! 뷔페식이라구요? 그것도 한식!"

"호호호. 네."

"야야. 배 안 고파? 빨리 가자구."

"나 참. 인석아, 어르신들을 모시고 가야지."

"아! 그, 그렇지."

"너! 어른들 모시는 거 습관이 돼야 할 거다. 출창 같이 있어야 할 테니까."

"염려 마라. 잠시 깜빡한 것뿐이라구."

"할아버지! 가시죠!"

"오냐. 할애비도 출출하구나. 어여들 가서 먹자고."

포기하지 않는 혼토

목동 OO병원.

두 남녀가 검은 정장 차림을 한 사내들의 호위를 받으며 현관을 빠져나오는 즉시 대기하고 있던 승용차에 재빨리 올라탔다.

이어서 재빠르게 움직이던 정장 사내들이 승합차에 탑승하자 이내 차량들이 움직이기 시작했다.

이들은 다른 누구도 아닌 한국에 진출한 야쿠자들이었다.

승용차에 탄 두 남녀 중 남자는 도해합명회사의 대표인 혼토 우에하라였고, 여성은 금괴와 마약을 싣고 부하들과 여수로 밀항해 오다가 담용에게 발각되어 혼이 났던 사토 요시오였다.

조수석에는 만일의 불상사에 대비해 이들을 비호하기 위해 나온 일본 대사관 직원이 타고 있었다.

한데 이들의 모습을 멀찍이서 살피던 눈들이 있었으니, 하나는 사복을 입은 강력계 형사들이었고, 다른 하나는 명국성의 부하인 멀대 패거리였다.

강력계 형사들이야 양천경찰서 소속으로 야쿠자들이 떼거리로 병원에 입원했을 때부터 조사와 더불어 매일같이 감시하고 있던 중이었고, 멀대 패거리는 광화문 사무실에서 출발한 혼토를 미행해 온 결과였다.

아무튼 야쿠자들이 떼거리로 움직이다 보니 바빠지는 것은 강력계 형사들과 멀대 패거리였다.

현장 책임자로 나와 있던 최연호 형사가 서둘러 차에 오르며 옆의 동료에게 말했다.

"이봐! 이 형사, 김 형사에게 어찌 된 건지 물어봐."

"옛! 선배님."

끼릭.

부르르릉.

"나 참. 웬 야쿠자들이 이렇게 많아?"

"선배님, 여자만 퇴원하고 나머지 놈들은 그대로 있다고 합니다. 그리고 놈들이 일본 대사관 직원을 대동하고 왔다는데요?"

"미친…… 우리가 검문이라도 할까 봐 미리 방어 막을 친

거야.”

“정부 조직까지 움직일 수 있는 야쿠자들의 입김이라니…… 대단하군요.”

“그들이라고 우리처럼 다 썩었겠나? 야쿠자들의 뒤를 봐주는 일부 정치 세력이 있으니 가능한 거지.”

“뭐, 오죽하면 세계 3대 패밀리에 속하겠습니까?”

“푸헐! 세상을 어지럽히는 패거리가 대책 없이 커지다 보니 별 대접을 다 받는군.”

“하핫. 불법으로 번 돈으로 구석구석 약을 발라 대는 통에 더 그렇죠. 미행할 겁니까?”

“해야지. 자넨 일단 서에다 상황부터 보고해.”

“예.”

한편 멀찍이 떨어져 있는 멀대 패거리도 바빠지긴 마찬가지였다.

“멀대 형님, 놈들이 나왔습니다.”

“새끼들이 지랄을 하고 있네. 꼴랑 여자 하나 데리러 떼거리로 몰려와? 빙신들.”

“쫓아요?”

“뭘 물어, 짜샤! 당연히 쫓아야지.”

끼릭. 부르르릉.

“인마, 눈치 안 채게 미행 잘해.”

“참 나. 형님은 이 꼬막을 어떻게 보고…….”

“짜샤. 잠복 형사들도 있으니까 더 조심하란 말이다.”
“당연하죠. 근데 형사들을 따라가는 게 더 낫겠죠?”
“그거 괜찮다. 그렇게 해.”
“히히힛. 옙!”
디리리. 디리리리…….
“형님 전화 같은데요?”
“알았으니까 넌 운전이나 똑바로 해.”
“넵!”
“아, 여보세요?”
—춘분이냐?
“엉? 너너…… 누, 누구야?”
전화기 저편에서 난데없이 자신의 본명이 튀어나오자 당황한 멀대가 얼른 수화기를 틀어막고는 꼬막의 표정부터 살폈다.
‘에휴. 다행이다.’
멀대가 이러는 이유는 자신의 이름이 창피해서다.
봄 춘春 자에 똥 분糞 자.
즉 春糞춘분인 것이다.
한글로 풀이를 하자면 ‘봄똥’인데, 작명에 대한 해석을 하면 더 그럴듯하다.

—봄이 오는 들녘에 똥거름이 되어 세상을 이롭게 하라.

지어 낸 것이 아니라 멀대의 부친이 직접 한 말이다.

그러니 밭에서 혹독한 겨울을 이기고 자란 봄동과는 아무런 관계가 없는 것이다.

참으로 살신성인 같은 이름이 아닐 수 없다.

어쨌든 멀대는 '춘분'이 얼핏 들으면 여자 이름인 것도 같아 창피했지만, 그를 더 창피하게 하는 것은 이름자에 '똥' 자가 들어간 때문이었다.

그런데 춘분이란 이름이 멀대의 부모가 몇 날 며칠을 고심에 고심을 거듭해서 지은 이름이라는 점이다.

이름이 이렇게 지어진 저간에는 다분한 이유가 있었다.

장장 11남매의 막내인 멀대다.

위로 줄줄이 10공주, 즉 누나들이고 아들은 멀대밖에 없었다.

이를테면 그의 부모가 대를 이을 아들을 보자고 위로 딸을 열 명이나 줄줄이 사탕으로 낳았던 것이다.

달리 말하면 나이가 한참이나 들어서 본 귀한 아들이란 뜻이다.

그렇듯 귀하게 본 아들이다 보니 혹시라도 병으로 골골하거나 수명이 짧을 것이 두려워진 부모가 멀대의 이름을 지저분하게 짓고는 그만 호적에 올려 버린 것이다.

이는 뭐든 아무렇게나 굴려야 오래간다는 옛 어른들의 속설에 따라 무병장수를 기원하며 아이의 이름을 천하게 짓고 불러야 좋다고 했던 관습을 답습한 결과였다.

그래서 옛 이름에 개똥이, 말똥이, 소똥이 등의 이름이 많았던 이유가 바로 그 때문이다.

한데 그런 이름을 꽁꽁 숨겨 왔던 멀대가 난데없이 걸려온 전화에서 본명이 튀어나오니 얼마나 놀랐겠는가?

만약 부하들이 안다면 평생 놀림감이 될 것이 빤했기에 쉬쉬하는 것이다.

"너너너……."

—짜식, 내가 누군지 알고 그렇게 반가워하냐?

"누, 누군데?"

—나? 네 고향 친구인 신사동 제비다.

"시, 신사동 제비?"

—얼라리? 이 자식이 그새 까먹었나? 인마! 나 강식이라고!

"아아! 장강식이?"

—그래, 인마!

"미, 미안. 자, 잘 지냈냐?"

—그럭저럭. 너는?

"나야 잘 지내지. 근데 어쩐 일로 전화를 다 했냐?"

—아직도 명 사장 밑에서 일하고 있냐?

"응."

—그거 잘됐다.

"엉? 뭐가?"

—힘을 좀 빌릴 일이 있어서 그래.

“힘이라니? 넌 그런 거랑 상관없잖아?”

—그럴 일이 생겨서. 어때? 가능해?

“글쎄다.”

—좋아. 전화상으로 말하기는 그러니 일단 만나서 얘기하자.

“야야, 우린 이제 조직 간의 분쟁엔 끼어들지 않기로 했다.”

—그런 게 아니거든?

“그래?”

조직 간의 분쟁이 아니라는 말에 멀대가 혹하는 표정을 자아냈다.

—그렇다니까.

“그럼 대충이라도 읊어 봐. 일단 허락을 받으려면 어쩔 수 없는 일이니까.”

—잘만 처리하면 돈이 왕창 생기는 일이라고만 알아 둬.

“혹시 너…… 너희 전주를 등치려고 하는 거냐?”

—미쳤냐? 내가 내 밥줄을 왜 건드려?

“흠. 그게 아니라면…… 좋아, 어디서 만날까?”

—히히힛. 문자로 넣어 줄게.

옆자리에 앉은 혼토가 슬쩍 사토의 기색을 살피더니 입을

열었다.

"괜찮아?"

"아니."

근심이 담긴 혼토의 물음에 조금은 냉랭한 음색으로 짤막하게 대답한 사토가 차창 밖으로 시선을 돌렸다.

한국에 오자마자 된통 당하다 보니 뒤틀린 심사가 쉽게 풀릴 수 없는 사토의 표정은 시종 차가웠다.

"그런데 왜 퇴원한다고 고집을 부려?"

"몸뚱이가 다 나았다고 아픔까지 다 가셨다고 생각하는 건 아니겠지?"

"그야……."

마음은 여전히 상처투성이로 남아 있다는 뜻으로 들리는 혼토다.

그도 그럴 것이, 아직도 병원에서 치료를 받고 있는 부하들, 강탈당한 금괴와 마야쿠의 엄청난 손실 그리고 당당하던 자신감마저 와르르 무너진 상황이었으니 사토의 심정을 이해 못할 것도 아니었다.

'젠장, 그럼 나는?'

타격이라면 혼토 자신이 더 컸지만 속으로 끌탕만 할 뿐 내색도 하지 못했다.

사토가 얼굴을 꼿꼿이 세우는 것은 귀족의 자존심 때문일 것이다.

이는 야쿠자들의 세계에서도 상류 계급은 존재했기에 가능한 일이었다.

사실 사토는 요시오 가문의 수장인 스즈키 오야붕의 딸이었다.

사토의 그런 배경 때문에 성별을 떠나 친구지간이면서도 한발 뒤로 물러나 양보하는 것이다.

더구나 은근히 연모해 오고 있는 여자가 아닌가?

사토가 알든 모르든.

"으음, 네 심정…… 왜 모르겠냐? 하지만 조금만 참아라. 놈을 반드시 잡아서 네 앞에 무릎을 꿇리게 해 줄 테니까."

"흥! 꼬리만 잡았지 실체는 손도 못 대고 있다면서?"

"그게…… 여기가 본토가 아니다 보니 조금 시간이 걸려. 뇌물을 받아먹은 놈들도 시늉만 내는 건지 적극적인 것 같지도 않고."

"아키라를 보내 달라고 했어."

"뭐? 누, 누굴 불러?"

사토가 툭 내뱉는 말에 혼토가 흠칫하더니 확인하듯 되물었다.

"아키라."

"아, 아키라라면? 무라카미 가문의 아키라 말이야?"

"그 외에 누가 있어?"

"어, 없지."

아키라. 풀 네임은 아키라 무라카미로 역시 친구지간이다.
사토 요시오, 혼토 우에하라, 아키라 무라카미.
이렇게 셋이 어릴 때부터 같이 자란 친구사이인 것이다.
"하, 하지만 오야붕께서 허락하실 리가 없잖아?"
"아버진 이미 허락하셨어."
"엉? 스즈키 오야붕께서 허락하셨다고?"
"그래. 내가 당한 것이 분하셨던지 무릎을 꿇어서라도 허락을 받아 내겠다고 하시더군."
'허어! 무, 무릎까지…….'
조직의 오야붕이 고고한 체면을 내팽개치고 무릎을 꿇는 일은 전쟁으로 조직이 와해되었을 때 외에는 좀처럼 없는 일이다.
그만큼 사토 요시오를 아낀다는 말이 된다.
하기야 금이야 옥이야 기른 딸이 봉변을 당했으니 무릎을 좀 꿇는 것이 대수일까?
딴은 조직의 이익 앞에서 또 복수 앞에서 오야붕의 체면은 언제든 내팽개칠 수 있는 것이 야쿠자들의 심리다 보면 새삼스러운 일은 아니었다.
다만 오야붕이 그런 행동을 한다는 것이 드물 뿐.
가문끼리 남이라고 할 수도 없는 사이라고 해도 그렇다.
하지만 무라카미 가문은 명맥을 겨우 이어 가고 있는 닌자 가문이라 오야붕이 무릎을 꿇고 간청한다고 해서 쉽게 가문을 나서는 사람들이 절대 아니라는 점이 마음에 걸렸다.

“그래도 너무 성급한 결정인 것 같은데…… 무라카미 가문에서 응하지 않을지도 모르고…….”

“그 문제는 네가 신경 쓸 것 없어. 아키라가 온다면 내 책임하에서 움직일 테니 신경 끊어. 그보다…… 자금이 다 털렸으니 어떡할 거야?”

“아! 아하하하핫!”

“……!”

“물론 자금이야 다 털리고 없지. 하지만 죽으란 법은 없는지 벌써 1,500억이란 돈을 마련해 놨다. 그러니 걱정하지 않아도 돼.”

“1,500억이면 엔화로 얼마야?”

“환율이 십 대 일이니까 대략 150억 엔 정도 된다고 보면 돼.”

“……!”

새삼스러웠던지 사토의 시선이 혼토에게 잠시 머물렀다가 비껴졌다.

“엄청나군.”

고작 20억 엔으로 시작하려던 사업임을 알기에 하는 소리다.

“노무라 측의 신세를 좀 졌다.”

“갚아야겠군.”

“당연하지.”

세상에 공짜란 없는 법이다.

“아무튼 재주도 좋다.”

“후후훗. 조센징들 중에 골 빈 부자들이 더러 있어서 그리 어렵지는 않았어. 줏대 없는 정치가들도 끼어 있지.”

“나도 정치인들의 비리 자금이 수두룩한 나라라는 건 알고 있어.”

“크크큭. 그래. 모를 리가 없지. 여기 와서 보니 뒤꽁무니에서 국민 혈세를 임자 없는 돈이라고 제 주머니 채우기에 바쁜 정신 나간 작자들이 하나 둘이 아니더라고. 내가 당장 당하고 있는 중이라 실감하고 있지.”

“돈으로 기름칠을 해야 업무가 돌아간다는 얘긴데…… 그렇게나 썩었나?”

“대부분은 그래. 하지만 그렇지 않은 작자도 있지.”

“하기야 애국자 하나 정도는 있어야 나라가 돌아갈 테지.”

“그렇게 막연한 얘기거나 멀리 있는 얘기가 아니니까 문제지.”

“응? 무슨 말이야?”

“우리가 줄을 대고 있는 작자가 한일의원연맹 한국 측의 간사장이자 여당의 중진인 갈성규 의원인 건 너도 알고 있지?”

“그래, 그건 나도 알아. 그런데?”

“얼마 전에 투자를 하겠다며 만나자고 해서 만났지.”

“투자? 우리가 개털인 걸 아는 사람이 말이야?”

“사실…… 정상적인 루트로 사업 자금이 들어올 수 있도록 힘을 좀 써 달라고 했었던 적이 있어.”

“그래? 어, 언제?”

“네가 오기 전에…… 그러니까 하세가와에 이어 나까지 털린 직후였지.”

“그때의 답이 이제야 나온 거야?”

절레절레.

“하면?”

“뜬금없이 우리 사업에 30억을 투자하겠다더군.”

“헐! 뭘 보고?”

“우리가 사업을 개시했을 때 투자하겠다는 거지. 그리고 얼마 전에 갈 의원의 지역구에 문제가 있었는데 30억이 아마 그때 받은 자금이 아닌가 싶다.”

“더러운 인간.”

“풋! 그 더러운 인간이 있기에 우리가 침투할 틈이 생기는 거라구.”

“흥!”

“갈 의원 말이 지금 정상적인 유입에 대해 힘을 쓰고 있으니까 조금만 더 기다려 달라고 하더군.”

“다른 말이 또 있었다는 뉘앙스가 풍기는데?”

“후후훗. 맞아.”

“흥! 그럴 줄 알았다. 그 인간이 또 뭐래?”

"조만간 우리가 사업을 할 수 있게 허가를 해 줌은 물론 향후 신용 금고까지 할 수 있도록 힘써 주겠다고 했어."

"호오! 정말이야?"

목동 병원에서 나온 후 내도록 냉정한 반응을 보이던 사토 요시오가 처음으로 눈을 휘 뜨고는 혼토를 쳐다보며 다시 물었다.

"정말 그런 말을 했다고?"

"그렇다니까."

"하아! 그 인간이 뭔 맘을 먹었대?"

"나도 1, 2년은 걸릴 줄 알았는데 뜻밖이었어."

"신용 금고까지는 바라지 않아. 대부업 인가만 내주면 신용 금고로 가는 길은 금세지. 호호홋!"

신용 금고란 말이 살짝 흥분하게 했는지 사토 요시오의 얼굴에 홍조가 피어났다.

그도 그럴 것이 인가든 허가든 내주기만 한다면 나머지 문제들은 일사천리로 풀리는 일이 바로 대부업이기 때문이다.

"혼토! 이제야 약발이 받는 모양이다."

"뭐, 그런 면도 있지."

"이때 고삐를 확 조여야 돼. 딴 맘을 먹기 전에 말이야."

"알아. 하지만 뒷말이 있었어."

"응? 뭐, 뭔데?"

"조금 조심스러워하는 것 같아. 마치 누군가의 눈치를 보는 것같이 말이야."

"무슨 말을 했는데?"

"별도의 말이 있을 때까지 우리더러 잠시 물밑으로 잠수해 있었으면 하더군."

"뭐? 아니, 왜?"

"야당 의원 중에 성가신 작자가 있나 봐."

"그게 우리와 무슨 상관이 있다고?"

"기실 이런저런 루트를 통해 유입된 자금의 액수가 많긴 했어."

"하기야 그걸 눈치채지 못했다면 그게 더 이상하지."

"맞아. 아무리 달러가 브로크인 상태라도 외국 자본이 마구잡이로 유입되는 것은 마냥 환영할 일이 아니지."

"브로크 상태니까 오히려 더 외국 자금의 유입에 민감할 수 있는 거야."

"그래. 갈 의원 말도 야당 의원이 일본 자금이 지나치게 많이 유입되고 있다고 발언을 했다는 거야."

"우리만 그런 건 아니잖아?"

"조직의 자금이라는 말은 없었어. 아직 거기까지는 조사가 안 된 것 같다고 하더군."

"확실해?"

사토 요시오가 한국 정부의 인가를 받아서 들여오는 자금들이 엄청나다는 것을 몰라서 되묻는 말이 아니다.

마음만 먹으면 수상한 자금을 찾는 것은 일도 아니기 때문에서다.

표면적으로 들여오는 자금은 기업 자금이 대부분이다.

즉 경색된 기업의 숨통을 뚫어 주려는, 목적이 뚜렷한 저리 자금인 것이다.

이래서는 큰돈을 벌 수가 없다.

조직의 자금은 어디까지나 지하 자금이다.

이 말은 제로 금리 상태인 일본에 지하 자금이 설 땅이 없어졌다는 얘기다.

다시 말해 출구가 필요하다는 것이다.

마치 도쿠가와 이에야스가 일본을 통일하고 도쿠가와 막부를 수립한 다음 잉여의 무력을 소비하기 위해 정명가도를 외치며 조선으로 쳐들어왔듯, 제로 금리로 갈 곳을 잃은 일본 자금이 대한민국으로 침투해 오는 것과 맥락이 같다고 하겠다.

"표면적으로 드러난 건 금융사들의 자금이지만 더 깊이 파고들면 조직의 자금이 드러날 수도 있어. 조센징들이라고 해서 바보들만 있는 건 아니니까."

"제길…… 이미 다 털리고 개털이 된 지가 언젠데……."

"그걸 아는 사람은 갈 의원의 패거리밖에 없으니까 그렇지."

"좋아. 우리가 잠수한다고 쳐. 갈 의원 그 작자가 우릴 표면에 나서게 해 줄 힘은 있는 작자이긴 해?"

"충분히 가능한 사람이지."

"설마 야당 의원인가 하는 작자 땜에 계획에 차질이 오는 건 아니겠지?"

"갈 의원이 알아서 처리할 테니 조금만 기다려 달라고 했어. 하지만 우리 입장이 그럴 상황이 아니잖아?"

"그렇지! 발등에 불이 떨어진 상황인데……."

"일단은 갈 의원의 말을 기다려 보자구. 그동안 사채업자들의 돈을 이용해 터를 닦아 놓는 것도 괜찮아."

"흥! 그걸 다 끌어들인다고 해도 잃어버린 돈에 비하면 아무것도 아닌 건 알고 있지?"

"그럼."

"빨리 찾아야 돼!"

"찾으려고 애는 쓰겠지만, 복구할 수 있는 자금도 마련했고 제자리를 찾는 건 시간문제니 너무 연연하지 마라. 고운 이마에 주름만 잡힌다."

"흥! 그까짓 주름."

야쿠자 바닥에 들어섰을 때부터 애초 미모로 한몫하고 싶은 생각을 접었던 사토 요시오다 보니 콧방귀만 나왔다.

"어쨌든 또 잃어버릴 염려는 없겠지?"

"하하핫. 그것 때문에 혹시나 해서 자금만 확인하고 가져오지는 않았어."

"흠. 아직 건네받지 않았다는 얘기야?"

"그래. 약정서만 주고받은 상태니까 설사 강탈당한다고 해도 우리 책임은 아니지."

"책임이 문제가 아니라 사업이 문제잖아?"

"알아. 조심하자는 차원이니 역정 내지 마라. 그리고 그쪽 일은 당분간 야마시타가 맡을 거야."

"재정 담당인 야마시타 말이야?"

"응. 내가 돈을 따라 움직이면 놈들이 눈치챌 수 있어서 그래."

"풋! 어지간히도 댄 모양이군."

"매사에 조심하자는 거다."

"흥! 그게 그 소리지."

"야마시타를 내세운 건 방향을 전환해 차근차근 내실을 다져 나가자는 것이고 겉으로 내보이는 모습은 놈들을 못 잡아먹어서 안달하는 모습을 보이자는 거지."

"놈들이 감시하고 있다는 건가?"

"지금도 감시당하고 있을걸?"

"칫! 우리가 어쩌다 이렇게 몸을 사리게 됐지?"

"낯선 곳이라서 그래. 거기에 큰 조직에 대해서는 조사가 됐지만 군소 깡패 조직에 대한 충분한 정보가 미미했어. 지금은 밑에 부리는 조센징들조차 믿을 수 없는 상황이 되어버린 정도니까."

“조센징들이 일본이라면 태생적으로 이를 가는 것도 한몫했을 테지.”

“맞아. 하지만 그런 감정도 돈 앞에서는 깨갱이니 걱정할 필요 없어.”

“하긴, 돈이면 귀신도 부릴 수 있지.”

“사람 사는 곳이라면 어딜 가나 똑같지.”

“참! 히로뽕을 건네주기로 한 14K파와는 얘기가 어떻게 됐어?”

“물건이 없는데 어쩌겠어?”

“하면……?”

“미뤘어. 약속을 어긴 대가로 값을 깎아 주기로 했지.”

“음. 구하기 어렵다면 아빠한테 부탁해 볼까?”

“나중에. 그 문제는 내가 알아서 할 테니까 넌 당분간 그런 것에 신경 쓰지 말고 몸부터 추슬러. 내가 대충 모양을 꾸며 놓은 다음에 나서도 늦지 않으니까.”

“알았어. 근데 내 숙소는?”

“강남에 있는 아파트로 마련해 놨는데 지금 그리로 가고 있는 중이야.”

“강남이라면 들은 적이 있어. 그런대로 살기가 좋다지? 아닌가?”

“하하핫. 맞아. 조센징들이라면 누구라도 선망하는 지역이 강남이라는 곳이지. 상류층이란 사람들이 모여 사는 곳이긴 하지만 아직 렌털 하우스 문화가 자리를 잡지 못해서 마음에 드는 집을 구하기가 그리 쉽진 않더군.”

“그럼 하나부터 열까지 다 구비해야 하는 거야?”

“천만에. 풀 옵션 렌털 하우스야. 경비 체계도 그런대로 탄탄해서 비교적 안전한 곳이기도 하지.”

“그 정도면 됐어.”

“거기서 한동안 마음을 정리하면서 푹 쉬고 있어.”

“알았어. 오늘 저녁에…… 오고 싶으면 와.”

“어? 그, 그래도 돼?”

“네가…… 그리웠어.”

“아, 알았어. 저녁 식사를 같이하도록 하자고.”

2000년 7월 31일.

월요일 아침의 팀 미팅을 서둘러 끝낸 담용이 허겁지겁 거산실업 건물로 향하고 있을 때 손에 든 휴대폰이 진동음을 토해 냈다.

디리리. 디리리리…….

“아, 여보세요?”

—미스터 육?

영어다.

그것도 아주 중요한 고객인 (주)머레이 걸번의 마크 설리번의 목소리였다.

"오오! 마크 설리번?"

—예스. 방금 도착했소.

"미리 전화를 좀 주시지 않고요?"

—하하핫. 여긴 제주국제공항입니다.

"어? 거긴 왜요?"

—미첼 회장님이 여기 계시거든요.

"아! 여행을 가셨나 보군요."

—맞아요. 처갓집 식구 모두를 데리고 관광 여행을 왔지요. 아마 곧 미스터 육을 부를지도 모르겠소.

"에? 저를요?"

—제주도를 얼마나 마음에 들어 하는지 아예 별장을 한 채 매입하겠다고 하지 않소? 그러니 부동산의 대가인 미스터 육을 불러서 해결하려고 하지 않겠소?

"하하핫. 제 도움이 필요하다면 언제든 가지요. 그럼 언제나 시간이……."

—다른 것보다는 미스터 육의 일 때문에 시간이 좀 걸릴 것 같소만…….

"본드(채권) 때문인가요?"

—그것도 있고 일전에 말했던 좋은 일에 관한 일도 있어서 그래요.

"그래도 대충 날짜를 알려 줘야 SG 측에서 준비를 할 수 있지 않겠습니까?"

—길어야 일주일일 것이니 그렇게 일정을 잡으시면 되오.

"알겠습니다. 기다리고 있을 테니 연락을 주십시오."

—알겠소. 나중에 봅시다.

"예. 좋은 여행이 되시길 바랍니다."

—고맙소.

탁!

"하! 그 양반은 언제 또 제주도로 갔대?"

아주 한국에 눌러살려고 그러는지 도통 자기 나라로 돌아갈 생각을 하지 않는다.

"에구, 팔자 좋은 양반. 부럽다. 나도 정인 씨랑 어디론가 훌쩍 떠나고 싶네."

괜히 일을 벌여 놓고선 사랑하는 연인을 코앞에 두고서도 만날 시간조차 내기가 빡빡한 신세다.

그렇다고 내 한 몸 편하자고 승냥이 같은 외투사들에게 있는 것 없는 것 다 내줄 수는 없는 일이 아닌가?

단 1%라도 막을 수만 있다면 향후 그것이 단초가 되어 암울한 터널 속의 경제를 조금이라도 빨리 살리는 원동력이 될 수도 있음이다.

나비효과는 괜히 있는 것이 아니다.

그런 희망이 있기에 오늘도 담용이 발이 부르터라 달리고 있는 것이다.

"참! 이 양반은 오고 있나?"

주머니에 넣으려던 휴대폰을 다시 연 담용이 버튼을 눌렀다.

잠시 신호가 가고 예의 귀에 익은 김기만 변호사의 목소리가 들려왔다.

—아따. 시간을 어길까 봐 전화했소?

'쯧. 이 양반은 말을 해도 꼭…….'

유독 담용에게만 떽떽거리는 어투를 사용하는 리엔씨 법무법인의 김기만 변호사다.

"어디쯤 오고 있습니까?"

—막 출발했소.

"조금 늦을 수도 있으니 도착하더라도 제가 부를 때까지 기다려 주세요."

—마 회장님 사무실이야 자주 드나들던 곳이니 걱정 마쇼. 그나저나 에스크로우(조건부 증서) **형식의 투자 절차를 그쪽에서 납득할까 모르겠소.**

"납득하지 못하면 돈을 내주지 않으면 되는데 뭔 걱정입니까?"

—하긴…….

"이따가 뵙죠."

—그럽시다.

탁!

휴대폰 폴더를 닫을 때쯤 담용은 이미 거산실업 건물로 들어서고 있었다.

때마침 '띵' 소리와 함께 엘리베이터가 도착했다.

담용이 잰걸음으로 다가갔을 때 적지 않은 사람들이 밖으로 나왔다.

그때 주머니에 넣어 뒀던 휴대폰에서 또다시 진동이 느껴져 얼른 꺼내 들고는 잽싸게 올라타 7층 버튼을 눌렀다.

"육담용입니다."

—왜 이리 늦나?

"아! 회장님, 지금 막 엘리베이터를 탔습니다."

—에잉. 빨리 좀 오게나.

"옛!"

폴더를 접은 담용이 시계를 보니 벌써 11시 10분이 지나고 있었다.

"쩝. 10분이나 늦었네."

일각이 여삼추인 사람들을 기다리게 한 죄송한 마음에 입가에 쓴웃음이 매달렸다.

'어떤 사람일까?'

잠시 후 대면할 상승건설의 성치홍 대표를 말함이다.

지난 삶에서 담용이 닮고 싶었던 1순위의 인물이 바로 성치홍이었다.

2순위가 바로 포털 사이트 포레이버의 대표인 김주형이었지만 이미 투자자 자격으로 만나 본 바가 있다.

소문만 무성했던 성치홍이란 인물을 만날 수 있다니 약간 흥분되는 담용이다.

기분 좋은 흥분을 굳이 챠크라로 제어할 필요를 느끼지 못해 그대로 두었다.

BINDER BOOK

에스크로escrow

띵—!

마침내 엘리베이터가 멈추고 문이 열렸다.

건물 7층은 거산실업이 전 층을 사용하고 있어 내리면 곧 바로 사무실이 눈에 들어오는 구조로 되어 있었다.

"육 팀장님, 어서 오세요. 회장님께서 기다리고 계세요."

"아, 예."

안내 데스크의 미스 김이 출입문을 열어 주었다.

"고마워요."

사무실 안으로 들어서자 서류를 한아름이나 든 김성택 과장이 담용을 발견하고는 반색을 하며 다가왔다.

"주말 잘 보냈어요?"

"예, 덕분에. 근데 웬 서류가 그렇게 많아요?"
"전부 화상 경마장의 허가권에 관한 서류입니다."
"헐! 꽤나 절차가 복잡한 것 같군요."
"말도 마십시오. 이건 약과입니다. 지역 의원들이 요구하는 서류만 해도 이보다 두 배나 더 되는걸요."
"하하핫. 혹시 그 핑계로 모레 경매에 참석하지 못한다고 하는 건 아니겠지요?"
캠코에서 있을 오후 경매는 다름 아닌 테헤란로에 위치한 HJ빌딩 건을 말함이다.
"이따가 주 회장님께서 오시면 바로 일정을 잡을 테니 준비하고 계십시오."
"어? 외출할 일이 있는데요?"
"급한 일이 아니면 미루세요."
"아, 알겠습니다."
"그럼 이따가 봐요. 당부할 말이 있으니까요."
"예, 기다리죠."
김성택이 등을 돌리는 걸 본 담용이 노크를 했다.
똑똑똑.
"들어와요."
딸깍.
"회장님, 늦어서 죄송합니다."
"이 사람아, 나보다는 여기…… 성 대표가 애를 끓이고 있으니 문제지."

애를 끓인다는 것은 성치홍이 진즉부터 브릿지론을 지원해 줄 것을 요구했지만 담용의 일정 때문에 본의 아니게 미루다 보니 이제는 발등에 불이 떨어진 상황인 것이다.

그런 상황을 대변이라도 하듯 성치홍의 표정은 애써 태연한 척하지만 충혈이 된 눈은 밤잠까지 설쳤음을 고스란히 보여 주고 있었다.

"아, 정말 죄송합니다."

"먼저 인사나 나누게."

"예."

마해천 회장의 권유에 담용은 부동산 컨설팅으로 시작해 건설업계에까지 돌풍을 일으키고 있는 성치홍에게 최대한 예의를 갖춰 인사를 했다.

지난 삶에서는 그저 부러운 눈으로 바라만 보던 사람을 직접 대면하는 자리였기 때문이다.

"처음 뵙겠습니다. 육담용이라고 합니다."

"성치홍이오."

첫 대면임에도 내뱉는 말투가 어째 성의가 없고 심드렁하다.

'어라? 원래 이렇게 건방진 사람이었나?'

뭐, 직접 대면했던 적이 없어 잘 모르겠지만 소문은 휘황찬란한 사람이었던 터라 은근히 존경까지 하고 있었던 성치홍이다.

한데 직접 대면해 보니 풍문으로 듣던 것과는 차이가 많이 난다.

담용이 그렇게 생각할 때 성치홍도 그 나름대로 기분이 썩 좋은 것은 아니었다.

촌음 같은 시간을 1시간이나 허비하고서야 만난 사람이 겨우 머리에 피도 안 마른 애송이라니.

기가 찰 일이었다.

당연히 얼굴에 불신의 빛이 나타나고 말투도 곱지 않을 수밖에.

성치홍 자신도 젊다는 소리를 듣긴 하지만 그래도 서른 후반의 나이라 어딜 가도 불신하는 눈초리는 받지 않을 정도는 됐다.

하지만 눈앞의 젊은이는 채 서른도 되지 않아 보이니 도무지 믿음이 가지 않는 것이다.

세상을 오시하며 승승장구해 가던 사업이 난데없이 IMF라는 암초를 만나 추락 직전에 몰렸다고 해서 성치홍이 아무나 만나서 얘기할 만큼 한가한 사람이 아니었던 것이다.

당연히 실망의 기색이 노골적으로 얼굴에 드러났다.

성치홍 그 자신도 부동산으로 부를 일으킨 졸부이면서 정작 자신은 자각을 하지 못하고 있는 셈이었다.

즉 남이 하면 불륜이고 자신이 하면 로맨스인 격인 셈이니

어처구니가 없다.

아무튼 노회한 마해천 회장이 성치홍의 그런 심리를 놓칠 리가 없었다.

담용 역시도 마해천 회장 못지않게 노련한 터라 자신의 정신 세계에 더러운 오물이 묻는 것 같은 느낌에 기분이 살짝 나빠지고 있었다.

이제는 마음만 먹으면 상대의 기분까지 감지할 정도로 챠크라의 경지가 절정에 달한 담용이다.

시작부터 이러니 오늘 얘기는 처음부터 삐걱거리게 되어 적이 불안했다.

그래도 상대의 면이 있는 터라 노골적인 표정을 드러내지는 않았다.

어쨌든 한 기업의 사활인 걸린 사안인지라 마해천 회장의 입에서 흘러나오는 음색도 성치홍의 속내만큼이나 무거워졌다.

"성 사장, 육 팀장은 우리 센추리홀딩스에 없어서는 안 될 총괄본부장일세. 근래에 나를 비롯한 세 늙은이가 젊고 튼튼한 말을 앞세우느라 선택한 인물인 셈이지. 물론 육 팀장이 내놓은 지분도 만만치 않기도 하지만 말일세. 이 말은 육 팀장의 결정이 우리 세 늙은이의 의견보다 더 무게가 있다는 얘길세."

"하, 하면 육…… 팀장이 결정하는 대로 회장님께서 움직이신단 말입니까?"

지금 그걸 나더러 믿으란 말이냐는 식의 약간은 도발적인 어조가 섞인 언사다.

그도 그럴 것이 성치홍의 입장에서는 마해천 회장이 부동산과 돈놀이로 부를 축적한 졸부로서 정상적인 귀족 부자가 아니라는 인식이 은연중 깔려 있어서였다.

즉 당장 아쉬워서 돈은 빌리러 왔지만 갚으면 그만이라는 인식이지, 가슴 저 밑바닥의 정서는 존경은커녕 그저 졸부일 뿐인 것이다.

물론 센추리홀딩스라는 투자 회사를 설립했다는 말은 들었지만, 이 역시 그저 졸부들 셋이 모여 심심풀이 삼아 돈지랄하기 위해 만든 모임 따위에 지나지 않는다는 생각이었다.

뭐, 유가증권의 대가니 골드 킹이니 하는 면면들은 풍문으로 들어서 알지만 마해천 회장 외에는 알고 지낼 필요를 느끼지 못했고 딱히 그럴 만한 인연도 없었다.

마해천 회장의 말이 이어졌다.

"나뿐만 아니라……."

똑똑똑.

덜컥.

"나 왔네."

시늉으로만 노크를 하고 들어서는 사람은 주경연 회장이었다.

"어? 어서 오게."

"오랜만에 뵙겠습니다, 주 회장님."

"예끼! 그놈의 얼굴 한번 보여 주기가 그렇게 어려웠나?"

"죄송합니다. 저도 나름대로 일정이 빡빡해서요."

"그걸 모르는 건 아니지만…… 내 손녀는 언제 볼 건가?"

"아니! 위독합니까?"

"그런 건 아니지만 자꾸 조금씩 말라 가니 걱정이지. 마치 목내이 같단 말일세."

"알겠습니다. 가급적이면 빠른 시일 안에 보도록 하지요."

"고맙네. 어여 하던 일부터 보게나."

"예."

담용이 자리에 앉자 마해천 회장이 서둘러 본론을 꺼냈다.

"그래. 성 대표가 급한 상황이니 육 팀장이 들어 보고 결정하도록 하게."

"알겠습니다."

"어? 마 회장님께서는 관여를 전혀 하지 않으실 겁니까?"

"난 일절 관여하지 않네. 이번 건에 대해 일머리도 잘 모르고 말일세. 다만 결정이 나면 돈을 지불할 책임만은 내가 가지고 있네."

"아, 예."

직접적으로 업무에 관여치 않는다는 마해천 회장의 말에 더 할 말이 없어진 성치홍이 담용을 직시하며 입을 열었다.

"서류는 봤지요?"

"예. 대충은……."

처음부터 심사가 뒤틀어졌던 까닭에 담용의 입에서도 삐딱한 말투가 튀어나왔다.

어차피 기억의 저편에서는 사채업자에게 먹히고 마는 판교 현장이다.

판교라는 지역이 강남 밑에 붙어 있는 위치이고 그린벨트 지역과 자연 녹지가 많아 주거지로서 썩 훌륭하다 보니 삽을 뜨기도 전에 분양이 완료될 정도로 인기가 있었던 곳이다.

거기에 프리미엄이 천정부지로 솟아올라 30평형 아파트의 프리미엄이 순식간에 1억을 호가했을 정도니 말 다 하지 않았는가?

그런 특별한 지역에 무려 3,000세대라는 대단위 아파트 단지를 조성하고 있으니 상승건설, 아니 성치홍이 건설업계의 기린아라고 하지 않을 수 없었다.

그 일은 지난 삶에서 10년 가까이 부동산 밥만 먹어 온 담용이 누구보다도 잘 알고 있었다.

그래서 그런지 성치홍의 콧대가 하늘 높은 줄 모르고 솟았는지도 몰랐다.

하지만 지금은 급 실망 상태.

한때는 닮고 싶었던 롤 모델이었지만 역시 소문은 믿을 것이 못 됐다.

고로 기대가 컸던 만큼 추락하는 깊이도 커서 이제는 담용의 기분까지 착 가라앉아 버렸다.

'대충?'

이런 싸가지가 있나?

그게 어떤 서류인데 대충 훑다니?

성치홍의 안면이 약간 일그러지는 것을 본 담용이 입을 열었다.

"대충 훑었어도 요점이 뭔지는 아니까 원하는 바를 말씀하시지요?"

"으음. 서류에 적힌 대로 담보 가치만큼의 브릿지론을 원하오. 필요한 금액은 600억 원이고 이자와 상환 기간은 정하는 대로 응하겠소."

"서류에 적힌 대로라면 현재 공정이야 30%인 상태지만 분양은 100% 성공했더군요."

"위치가 위치이니만큼 프리미엄도 만만치 않소."

가격의 고하를 떠나 프리미엄이 붙었다는 자체만으로도 아파트의 인기도를 실감할 수 있는 시기다 보니 성치홍의 콧대가 높은 것을 두고 뭐라고 할 수는 없다.

하지만 담용이 누군가?

지금은 과거의 성세를 가지고 논할 수 있는 시기가 아닌 것이다.

"그런데 결정적인 문제가 있다는 것쯤은 알고 계시지요?"

"알고 있습니다."

"그건 어떻게 해결할 작정이신지요?"

"IMF 상황이라 분양금이 제때 입금되지 않아서 오늘 같은 일을 초래한 것임을 아시지 않습니까?"

흠이 아니라는 얘기다.

일면 맞는 말이긴 하다.

IMF는 모든 사람을 어렵게 만들었다.

집이 안 팔리는 것은 물론 전세도 빠지지 않는 형국이다.

그러니 집을 팔거나 전세금을 빼서 분양금을 지불하려고 계획을 잡았던 분양자들이 제때 지불하지 못하다 보니 자연히 자금이 경색될 수밖에 없어 경영이 어려워진 것이다.

지금 성치홍은 건설업체라면 누구나 겪는 이 문제를 으레 누구나 알아주고 헤아려 줘야 한다는 투로 말하고 있었다.

아니, 심하게 표현하면 표정과 말투가 당연히 자신을 도와줘야 한다는 뉘앙스를 풍기고 있다.

마치 맡겨 놓은 돈을 달라는 것처럼 말이다.

그런 투의 말은 계속 이어졌다.

"작금의 상황은 우리만 그런 것이 아니라 다른 회사들도 마찬가지인 실정이니 딱히 흠이라고 할 수 있는 부분이 아니지요."

'훗! 그건 당신이 뭘 모르고 하는 소리지.'

성치홍이 아무리 변명을 해도 담용은 상승건설이 일개

사채업자에게 판교 현장을 넘긴 것은 방만한 경영이라기보다 개구리가 코끼리를 잡아먹은 식인 무리수 경영에 있다고 봤다.

다시 말해서 자산이 축적되기도 전에 미래의 이익에 혹해 섣불리 사업을 확장해 추진하다가 IMF라는 폭풍우를 만나 좌초할 위기에 빠져 버린 것이다.

만약 시공 능력 평가 금액 기준으로 정해진 1등급 업체, 즉 H건설이나 S건설같이 오랜 경험으로 자산이 축적된 상태라면 이번 위기를 벗어날 여력이 있겠지만, 유감스럽게도 상승건설은 급격히 커 온 건설업체이다 보니 그 저변이나 여타의 내공 등의 기반이 약해 IMF라는 폭풍우를 견뎌 내지 못한다는 것이다.

아, 1등급 건설업체란 흔히 말하는 1군 건설업체를 말함이다.

당연히 단종 건설이 아닌 종합 건설업체다.

여기서 잠시 짚고 넘어가야 할 것이 있다.

일반 건설업체(종건)는 대한건설협회가 매년 평가하는 시공 능력 평가 금액에 따라 1등급에서 7등급까지 분류하고 있다는 점이다.

이를테면 시공 능력 평가 금액 기준으로 따져 아래와 같이 구분한다 하겠다.

1등급 : 700억 원 이상
2등급 : 700억 원 미만~210억 원 이상
3등급 : 210억 원 미만~110억 원 이상
4등급 : 110억 원 미만~76억 원 이상
5등급 : 76억 원 미만~57억 원 이상
6등급 : 57억 원 미만~44억 원 이상
7등급 : 44억 원 미만~30억 원 이상

즉 우리가 흔히 말하는 1군 업체에서부터 7군 업체까지 구분해 놓은 것이다.

하지만 '군'이라고 말하는 것은 잘못된 표현이며 '등급'이라고 해야 맞다.

상승건설은 2등급 업체다.

하지만 지금은 등급을 얘기할 때가 아니었다.

"그것이 흠이 아니라니요?"

"모두가 겪는 일을 우리만 흠이라고 할 수 없지 않소?"

"그것이 흠이 되지 않는다면 왜 1금융권에서 상승건설의 담보물이 건실한데도 불구하고 대출해 주길 꺼린단 말입니까?"

"그, 그거야…… 은행들이 구조 조정 중인 점도 있고 또…… 대출을 신청한다고 해도 시일이 너무 많이 걸려서 말이오. 우린…… 그때까지 기다릴 시간이 없소."

'흥! 그보다는 외환 위기가 부동산 값을 거의 패닉 상태가 되도록 다운시켜 버렸기 때문에 꺼리고 있는 거지.'

외환 위기하에서의 각 금융 기관의 입장은 이렇듯 한결같이 대동소이한 경영 방침을 고수하고 있는 중이었다.

은행이란 궁극적으로 고객들에게 예금을 받아 그 돈을 자금으로 대출이나 어음 거래, 혹은 증권의 인수 따위를 업무로 하는 금융 기관이다.

즉 지극히 영리적인 사업의 중심에 있는 사업체라 할 수 있어 앞과 뒤를 다 재 보고 리스크가 없다 싶을 때 비로소 대출을 결정한다.

고로 상승건설이 담보력은 있다고 하나 작금의 상황은 부동산 시장의 부침이 워낙 변화무쌍해서 앞을 점치기가 어렵고 또 상승건설의 뒷심, 즉 기반이 되는 자본력이 약하다고 판단했기에 대출을 꺼리는 것임을 미루어 짐작할 수 있었다.

거기에 더해 상승건설이 그 흔한 프로젝트 파이낸스를 체결하지 않았다는 것을 담용은 알고 있었다.

이는 사업을 시작할 때 남의 자본을 사용하지 않고도 자신이 있었다는 것과 일맥상통했다.

이유는 분양 걱정을 할 필요가 없는 지역이었기에 자신만만했던 데서 나온 만용이었다.

만약 프로젝트 파이낸스를 체결했었더라면 외환 위기가 다가왔어도 거뜬하게 넘어설 수 있었을지도 모른다.

여하튼 사업이란 상승건설의 예에서 보듯 언제든 돌발 변수가 생길 수 있다는 최악의 경우를 설정해 두고 실행해야 하는 것이 원칙이다.

특히나 사업체들 중 건설회사는 급전이 필요한 때가 많은 터라 사채업을 하는 전주錢主들을 직간접으로 알고 있어야 하는 것은 필수 조항이었다.

어쩌면 그런 연유로 성치홍도 마해천 회장과 인연을 맺고 있었는지도 몰랐다.

사락. 사락.

성치홍의 태도에 약간은 불쾌한 마음이 없지 않았지만 내색하지 않은 담용이 이미 대충 훑어본 서류였지만 이번에는 조금 꼼꼼하게 읽어 내려갔다.

어쨌거나 결정을 지으려면 대충 훑어본 것으로는 어딘가 미진했기에 핵심이 되는 내용은 다시 한 번 살펴볼 필요가 있었다.

어차피 내부적으로는 결정적인 하자만 없다면 어떠한 형식을 띠든 돈을 빌려 주는 데 무게를 두고 있던 참이다.

이유는 다른 데 있지 않다.

판교 현장이 결국은 사체업자를 돈방석에 앉게 했지만 그 과정에서 정부까지 나서는 엄청난 혼란이 야기됐기에 이를 미연에 방지하고자 하는 의도로 투자를 결정했기 때문이다.

그러니 성치홍이 예뻐서 투자를 하고자 하는 것이 아닌 것이다.

그렇게 약간 지루하다 싶은 시간이 흘러갔다.

성치홍은 성치홍대로 불만이 없지 않아 기다리는 내내 표정이 그리 좋아 보이지는 않았다.

그도 그럴 것이 서류를 제출한 지 꽤나 시일이 흘렀음에도 가타부타 말이 없다가 자신이 오고서야 허둥지둥 살피는 꼴이 영 마뜩지 않은 것이다.

그것으로 대충 훑어봤다는 것도 거짓말로 드러났다.

게다가 듣도 보도 못한 애송이가 결정권자라니 하품이 나올 지경인 것으로 억지로 참고 있다.

폭발 일보 직전인 심경이지만 돈이 원수였다.

탁!

마침내 서류 심사가 다 끝났는지 담용이 서류철을 내려놓으며 입을 열었다.

"뭐, 좋습니다. 상승건설에서 제시한 담보는 그만한 값어치가 있음을 인정하지요."

'흥! 당연한 걸 가지고…….'

성치홍의 내심이긴 하지만 담보력이야 600억을 훨씬 상회하고도 남음이 있었다.

문제는 그게 다가 아니라는 데 있어 담용이 재차 입을 열었다.

"빌려 주는 돈의 가치를 담보물로 확보하려면 토지에다 설정을 해야 하는 것은 당연하겠지요?"

"그야……."

상식이지 않느냐는 말을 내뱉으려다가 그냥 삼켜 버렸다.

"혹시 우리가 토지에다 설정을 하게 되면 분양자들이 들고 일어나지 않겠소?"

'제기랄…….'

정곡을 찔렸다.

올 것이 온 것이다.

이 점이 두 가지 약점 중 마지막 하나였다.

'재물이 있는 곳에 마음이 가 있다'라는 것은 성경에도 비슷한 구절이 기록되어 있을 정도로 인간의 심리를 꿰뚫는 말이다.

다시 말해 모든 분양자들이 앞으로 자신이 살 주택에 투자한 상태라 당연히 그 변화에 촉각을 곤두세우며 지켜보고 있다는 얘기다.

한데 내도록 멀쩡하던 토지등기부등본에 무려 600억, 아니 채권 최고 설정액으로 기록되니 최하 20%를 친다고 해도 120억을 더한 720억이란 금액이 느닷없이 설정되어 있다고 생각해 보라.

아마도 분양자들이 이를 인지하는 순간부터 떼거리로 들고일어서 공사 현장으로 달려와 시위를 하고 사무실을 점령할 것은 불을 보듯 빤한 일이다.

그것도 결사적일 것임은 두말할 것도 없다.

소중한 가족들의 쉼터가 송두리째 날아가게 생겼는데 가만히 있을 분양자들은 그 어디에도 없다.

당연히 공사는 대표이사의 뚜렷한 해명이 있기 전까지, 아니 분양자들이 납득할 수 있을 때까지 중단되기 마련이다.

공사가 중단되는 것도 문제지만 그때부터 해당 건설업체는 손해가 나기 시작한다. 그것도 천문학적인 금액으로 불어나니 결코 작지 않은 문제다.

이는 굳이 거론하지 않아도 담용이나 성치홍이나 다 아는 내용들이다.

선수끼리라면 더더욱 그렇다.

이를 알기에 성치홍도 구차한 변명을 늘어놓기보다 간단하게 일축시켜 버렸다.

“그런 문제가 발생하면 제가 책임지고 해결할 것이오.”

‘흣! 의기만 가지고 사업할 수 있다면 이 땅의 젊은이들이 몽땅 사업하겠다고 나설걸?’

의외로 순진한 구석이 있는지, 아니면 자신의 사업이 성공하리란 걸 맹신하는 건지 몰라도 주먹구구식 발언이다.

‘하기야 그런 부분은 추상적인 것이라 숫자를 표현할 수가 없겠지.’

“글쎄요. 우리 입장에서는 빌려 준 원금을 하루빨리 회수하는 것이 목적이지요. 이자는 둘째 문젭니다.”

분양자들이 들고일어나고도 도무지 해결될 조짐이 보이지 않는 경우라면 자연히 준공은 늦어지기 마련이다.

이로 인해 원금 회수가 늦어질 뿐만 아니라 시일이 더 길어지는 경우 까딱하다간 자금 경색으로 인한 상승건설의 도산도 배제할 수가 없다.

그렇게 되면 설정을 해 놓은 덕에 투자한 자금을 먼저 회수할 자격이 있다고 하더라도 분양자들로 인해 분쟁이 생기면 원금 회수가 한없이 늦어질 수 있다.

또한 도산한 회사를 두고 이자를 발생시킬 수도 없으니 돈 벌이는커녕 오히려 600억이란 돈이 고스란히 묶이게 되어 손해가 이만저만이 아니게 된다.

대출을 해 주고 이런 일이 발생한다면 담용 측에서도 엄청난 부담이 되어 버리는 것이다.

"……."

성치홍으로서는 핵심을 찔린 터라 당장 할 말을 잃어버렸다.

다른 담보물로 대신할 수도 있겠지만 600억이란 거금을 담보할 부동산이 판교 부지밖에 없어 달리 대책이 없다.

성치홍에게 무기라고는 오로지 강남에서 가깝다는 '판교'라는 지역적 이점밖에 없었다.

이는 언제든 100% 분양률을 자신할 수 있다는 자신감에서 나왔다.

맞는 말이다.

담용도 이를 모르지 않아 성치홍을 각박하게 코너로 몰아붙이지 않고 있는 중이다.

더욱이 2001년 8월10일에 정부가 IMF 구제금융, 즉 국제통화기금에서 빌린 자금을 조기 상환하겠다고 발표한 데 이어 그해 8월 23일에는 IMF 관리 체제를 종료한다는 발표를 하게 된다.

즉 8월 23일자에 IMF 구제금융 195억 달러 전액을 상환했다는 얘기다.

이때가 되면 상승건설이 짓고 있는 판교 아파트는 일시 반짝하는 부동산 경기에 편승해 가격이 그 끝을 모르고 천정부지로 치솟게 된다.

물론 기억의 저편에서는 성치홍의 상승건설이 돈을 버는 게 아니라 돈을 빌려 준 사채업자가 떼돈을 거머쥐게 된다.

비록 말썽을 있는 대로 일으켰어도 떼돈을 번 건 변함없는 사실이었다.

하지만 지금은 그 누구도 이 환란이 언제 끝날지 모르는 상태다.

해당 정부 부처도 아직은 1년이란 시일이 남아 있어 섣부른 예측으로 발표하기를 꺼리는 상황.

당연히 시간을 거슬러 온 담용만이 과감하게 투자하는 담력을 내보일 수밖에 없다.

담용은 사채업자의 배를 불려 줄 마음도 없었지만 눈앞에서 대해 본 성치홍의 성향을 보고 그 역시 독식하게 하고 싶지 않았다.

사채업자야 당연히 도덕적으로 제외되는 인물이지만 잠시 대해 본 성치홍도 자신의 배만 불릴 생각밖에는 없어 보이는 인물이었다.

다시 말해 두 사람 모두 베풀고 나누기는 그른 인물들이라는 얘기다.

그렇다고 그대로 둘 수도 없어 입을 열었다.

"성 대표님, 이렇게 하시죠."

"……?"

"브릿지론 방식 대신 우리 센추리홀딩스에서 투자를 하는 방식으로 하는 건 어떻겠습니까?"

"투, 투자요?"

전혀 생각지도 않았던 제의였던지 성치홍이 의아한 눈빛으로 담용을 쳐다보더니 곧 마해천 회장에게 시선을 고정시켰다.

눈빛은 이게 어찌 된 영문이냐는 물음으로 가득했다.

"난 권한이 없으니 내게 묻지 마시게."

미소를 자아낸 마해천 회장이 성치홍에게 턱짓으로 담용 쪽을 가리켰다.

"그……."

성치홍의 말이 채 끝나기도 전에 담용의 입에서 먼저 말이 튀어나왔다.

"성 대표님, 절반씩 어떻습니까?"

"저, 절반!"

"예. 공평하게 절반!"

"……!"

담용의 전격적인 제의에 성치홍의 눈이 더 커졌다.

'절반이라니!'

절반이면 아직 계산도 못 해 본 금액이라 성치홍은 어안이 벙벙했다.

"뭐, 투자에 대한 제의를 하리라고 여기지 않았을 테니 조금 당황스러울 겁니다. 더군다나 투자를 받아들인다고 해도 이사회의 의결이 있어야겠지요."

"저기…… 그냥 브릿지론으로 하면……."

"그건 곤란합니다. 성 대표님을 믿지 못해서가 아니라 시국을 믿지 못하기 때문입니다. 그러니 절반씩 투자해서 최선을 다해 최고의 성과를 도출해 내는 것이 좋겠습니다. 그렇게 되면 성 대표님도 자금 부담이 반분되어 마음이 편하지 않겠습니까?"

"하, 하지만 투자자가 경영에 관여하게 되면 사업이 제대로……."

"아아, 무슨 말인지 알겠습니다. 그 말씀을 드리기 전에 잠시 실례하겠습니다."

양해를 구한 담용이 탁자에 놓인 전화기의 인터폰을 눌렀다.

띠이이—.

—네, 비서실입니다.

"아, 밖에 리엔씨 법무법인에서 온 변호사분을 들여보내주세요."

—알겠습니다.

잠시 후, 조금은 뺀질뺀질하게 생긴 인상의 김기만 변호사가 거침없이 안으로 들어서더니 당당하게 소리쳤다.

"안녕하십니까, 마 회장님!"

"어? 기, 김 변호사, 자네가 여긴…… 아아. 그렇군."

김기만을 본 마해천 회장이 곧 담용이 불렀다는 것을 알고는 말을 이었다.

"오랜만이군."

"예. 이 대표님이 기다리시는 눈치던데 한번 들르시지요."

"이상순 대표가 나를?"

이상순은 리엔씨 법무법인의 공동 대표인 인물이었다.

"그럼요. 말은 안 해도 은근히 기다리던 눈치던데요?"

"그럼 이 대표가 오면 되지 기다리긴 뭘 기다려? 아무튼 알았으니 거기 담용 군 옆에 앉게나."

"감사합니다."

김기만이 성치홍에게 눈으로 인사를 하고는 담용 옆에 앉았다.

"성 대표님, 브릿지론은 불가하니 가능하면 투자 쪽으로 결론을 내 주시기 바랍니다. 그리고 향후로는 투자가 완료될 때까지 저회와 직접 대면하기보다는 여기 계신 김기만 변호사님이 모든 걸 맡아서 처리하게 될 것입니다. 그러니 오늘 서로 인사를 해 두시는 게 여러모로 편할 것입니다. 김 변호사님, 인사하시죠. 요즘 건설업계에 상종가를 치고 있는 상승건설의 성치홍 대표님이십니다."

"어이구! 근래 장안에 떠르르하게 소문이 난 주인공이시군요. 영광입니다. 리엔씨 법무법인의 김기만 변호삽니다. 잘 부탁드립니다. 여기 명함……."

"아, 예. 전 상승건설의 대표로 있는 성치홍입니다."

엉거주춤 선 성치홍 역시 자신의 명함을 건넸다.

명함을 주고받는 것을 보고 담용이 입을 열었다.

"성 대표님, 만약 우리 측의 투자를 받아들이신다면 우린 법무법인을 통해 에스크로우 방식으로 투자금을 지불하려고 합니다."

"에, 에스크로우요?"

"예. 아마 좀 낯선 용어일 겁니다. 하지만 가장 확실한 거래 방법이기도 하지요."

"글쎄요. 전 잘……."

"김 변호사님, 에스크로우 제도에 대해 성 대표님께 말씀 좀 해 주시죠."

"그러죠. 뭐, 어려울 것이 없습니다. 한마디로 말하면 센추리홀딩스 측에서 저희 리엔씨 법무법인을 통해 투자 자금을 내보내겠다는 겁니다."

"하면 돈을 주는 주체는 그대로이고 돈을 전달하는 사람만 바뀐다는 말입니까?"

"하하핫! 역시 기업의 대표시라 이해가 빠르시군요. 그렇습니다."

"그거…… 너무 번거로운 것 아닙니까?"

"하하하. 다소 번거롭긴 하지만 가장 확실하고 안전한 투자 방식이지요."

"안전하다니요? 영수증이 있는데 법무법인 보증이 뭐가 필요하다고……?"

"아아, 그 부분에서 좀 오해가 있으신 것 같군요."

"……?"

"그럼 먼저 에스크로우라는 제도에 대해 설명을 하지요. 딱히 정의라고 할라치면 이렇게 말할 수 있겠네요. 우리나라에서는 부동산 매수자가 거래 과정에서 예상치 못한 피해를 입었을 때 이를 사전에 예방하거나 보상받을 수 있는 제도가 제대로 갖춰져 있지 않지요. 특히 매수자가 잔금을 치르고 소유권 이전 등기를 하기 전까지 매도하는 자가 악의적으로 다른 사람과 이중 계약을 하거나 또는 금융 기관에 저당권을 설정하였다면 이를 해결하는 데 많은 시간과 돈의 낭비에도 불구하고 결과는 만족스럽지 못한 게 사실인 형편입니다."

"그게 투자하고 무슨 관계가……?"

"좀 더 들어 보시죠. 아무튼 이러한 문제점을 해결하기 위해 미국에서는 오래전부터 '에스크로우'라는 제도를 마련해 시행하고 있지요. 에스크로우란 원래 조건부 증서를 말합니다. 무슨 말이냐면 양자 간에 어떤 조건이 성립해 증서의 내용이 실행되기까지 제3자가 보관해 두는 증서라는 겁니다."

"조건부 증서요?"

"예. 미국에서는 보통 에스크로우 전문 업체를 설립하거나 은행이나 권리 보험 회사 등이 에스크로우 부서를 설치해 대행 업무를 맡는 등 완전히 정착이 되어 있지만 우리나라는 아직 시행하지 않고 있습니다."

"그런데 왜……?"

"아아, 법적으로 정해진 강제법이 아니라 거래 당사자 간에 합의만 성사되면 곧바로 효력이 발생하는 제도라 법률의 적용을 받지는 않습니다. 다만 양자 중 문서 내용과 다른 하자가 발생했을 시는 법의 적용을 받게 되지요."

"으음."

"어쨌든 우리가 흔히 부동산을 거래할 때 매매 계약이 성립하는 날짜와 잔금을 치르고 거래가 끝나는 날짜까지 상당한 시일이 소요되고 있습니다. 이처럼 계약에서 잔금을 치르는 기간에 부동산을 매도하는 자와 매수하는 자 사이에서 세금 체납이나 저당권 설정 등 소유권 관련 문제가 생길 수 있습니다. 에스크로우는 바로 이러한 부동산 거래와 관련된 사고를 미연에 방지할 수 있는 대표적 제도지요. 무슨 말인지 이해가 가십니까?"

"흠. 이해는 가는데…… 하면 투자 자금을 프로젝트 파이낸스 자금처럼 기성별로 지불하겠다는 말이 아니오?"

"뭐, 틀린 말은 아니지만 무엇보다 에스크로우 제도의 가장 큰 장점이 무엇이냐에 주목할 필요가 있습니다. 바로 동시 이행의 효과가 있다는 점입니다."

"그렇군."

성지홍이 이제는 완전히 이해를 했는지 크게 고개를 끄덕였다.

그도 그럴 것이 일정한 조건만 갖추면 자금을 원할 시에 어김없이 지불된다는 뜻으로 이해했다.

그러니 자신이 엉뚱한 마음을 먹지 않는다면 결코 나쁠 것이 없는 제도다.

"동시 이행의 효과란 부동산 매매의 경우 에스크로우 회사가 매도인에게 돈을 지급하는 동시에 매수인에게 소유권의 이전 등기가 이루어짐을 의미합니다. 그러므로 에스크로우는 이해 당사자들의 금전에 대한 적절하고 합법적인 관리와 부동산 거래의 동시 이행을 보장해 줄 수 있는 것이지요. 상승건설과 센추리홀딩스와의 관계도 이처럼 할 수 있으니 서로가 걱정할 것이 없는 셈이지요. 투자자는 투자자대로 자금이 제대로 쓰이는지 애를 끓일 필요가 없고, 투자금을 받을 상승건설은 또 그들대로 자금이 끊길까 노심초사하지 않아도 되니 말입니다."

"우리 입장에서야 투자금 전액을 법무법인이 가지고 있다는 보장만 있다면야 공사에만 전념할 수 있으니 좋기만 하지요."

"하하핫. 바로 그겁니다. 자금 걱정이 없을 때 일하는 것도 신명이 나는 법이니까요. 그러면 공사 기간이 빨라져 공사비도 절약할 수 있으니 일석이조 아닙니까?"

"흠, 알겠소."

말이야 틀린 말은 아니지만 일이란 것이 그렇게 마음먹은 대로 되는 것이 아니 않은가?

이는 건설업계에 몸담아 보지 않고는 절대로 이해 못하는 일들이 있기 때문이다.

그래서 더 대꾸를 하지 않은 성치홍이 담용을 쳐다보았다.

"저……."

"육 팀장입니다."

"아, 육 팀장님, 투자금은 언제 마련할 수 있습니까?"

"그건 조건만 충족된다면 당장이라도 가능합니다."

"얼마가 됐든 말입니까?"

"예. 얼마가 됐든 해 드리지요. 단……."

"……?"

"저희 회사에서 몽땅 인수하라는 말은 절대로 안 됩니다."

"참 나, 그럴 생각은 추호도 없으니 걱정하지 않으셔도 되오."

"그러시다면 이제부터는 김 변호사님과 연락을 취하십시오."

"알겠소. 그럼 전 빨리 움직여야 하니 이만 가 보겠소."

성치홍이 자리에서 일어나며 마해천 회장을 쳐다보았다.

"마 회장님, 계속 힘써 주시면 고맙겠습니다."

"허허허. 이제는 뒷방 늙은인걸. 아무튼 알았으니 속히 이사회의 결정을 보시게."

"그럴 생각입니다. 아마 늦어도 내일 오전이면 연락할 것입니다. 그럼……."

꾸벅 인사를 하는 것으로 예를 차린 성치홍이 바쁜 걸음으로 실내를 빠져나갔다.

"김 변호사님, 잘 부탁합니다."

"나야 뭐…… 돈 받고 하는 일인걸요. 그럼 저도 가 보도록 하지요. 두 분 회장님, 몸 건강하십시오."

"가거든 이 대표에게 안부나 전해 주게."

"그러지요."

단돈 1달러라도

성치홍을 보내 놓고 살짝 마 회장 집무실을 빠져나온 담용이 김성택 과장을 만났다.

한데 담용이 무슨 말을 했는지 김성택이 '뜨헉!' 하는 표정으로 변하더니 곧 엉덩이가 들썩했다.

"엑! 그, 그게 무슨 말입니까?"

"왜 그렇게 놀래요?"

"아니! 지금 놀라지 않게 됐습니까?"

"쩝! 그게 그렇게 놀랄 일입니까?"

"그럼! 회사를 배신하라는데 안 놀랍니까?"

"누가 진짜로 배신하라고 그럽니까? 작전이라고 했잖습니까?"

"아무리 작전이라도…… 이해야 하지만……."

"이해하면 됐습니다."

"근데 굳이 그럴 필요가 있습니까?"

'참 나, 누군 하고 싶어서 하나?'

"김 과장님이 허락만 한다면 누이 좋고 매부 좋은 일이니까요."

"근데 하필이면 왜 저란 말입니까?"

"나이가 드신 분들이 할 일도 아니고 그렇다고 할 일이 태산인 제가 하기도 어렵고 하니 결국 김 과장님이 총대를 메시는 게 맞네요."

"아! 정말……."

난처한 표정을 짓던 김성택이 회장실을 힐끗 보며 말했다.

"회장님이 뭐라고 하실 텐데요?"

"그건 제가 책임지고 이해를 시킬 테니 걱정하지 않아도 됩니다. 그리고……."

"……?"

"놈들이 맨입으로 들이대지는 않을 겁니다. 그러니 눈 질끈 감고 받아먹으세요. 거기에 대해서는 일절 상관하지 않을 테니 말입니다."

"주는 돈이야 받겠지만 그건 일단 회장님께 반납하고 처분을 바라는 게 낫겠습니다."

"뭐, 그건 김 과장님 몫이니 마음대로 하십시오."

"육 팀장님께서는 그들이 제게 접근할 것이라고 확신하는 겁니까?"

"틀림없이요."

입으로 대답은 하지만 사실 담용도 100% 장담을 하지 못하는 입장이었다.

그러나 기억의 저편에서 들었던 말이 있던 터라 그걸 근거로 모험 아닌 모험을 해 볼 참이다.

그래서 일단 담용 자신부터 확신을 해 놓고 큰소리를 치는 것으로 김성택에게 자신감을 불어넣어 주고자 하는 것이다.

일의 발단은 다름이 아니다.

바로 송동훈 팀이 밸류에이션을 했던 테헤란로의 HJ빌딩의 경매 건에서 비롯됐다.

HJ빌딩은 테헤란로라는 위치도 위치지만 최신식 건물로 지어진 인텔리전트 빌딩으로 유명했다.

HJ그룹이 갑자기 불어닥친 자금 경색을 일시에 풀어 보고자 하는 의도가 아니었다면 결코 부동산 시장에 내놓지 않을 자산 중 하나일 정도로 애지중지하던 건물이었다.

외환 위기 상황만 아니었다면 매각으로 내놓지도 않았겠지만 설사 매각을 하더라도 정상적인 거래로도 충분히 메리트가 있는 건물로 세간의 관심을 모았을 것이다.

하지만 지금은 국내에 내놓으라는 재벌 그룹들도 자금 문제만큼은 지독한 가뭄에 쩍쩍 갈라진 논바닥처럼 말라 있는 상태여서 외투사들이 싼값에 매입하기 위해 의도적으로 옥션 물건, 즉 캠코(한국자산관리공사)에 접수된 경매 물건만 노린다는 것을 알면서도 자금의 유동성을 위해 울며 겨자 먹기로 내놓는 것이다.

고로 HJ빌딩이 캠코에 의뢰되자마자 당연하다는 듯 경매 시장뿐만 아니라 강남의 부동산계가 뜨거워지기 시작했다.

자연 지능 빌딩 혹은 브레인 빌딩 등으로도 불리는 HJ빌딩이 부동산 시장에 경매로 나옴으로써 각 외투사들이 촉각을 곤두세우며 호시탐탐 노리는 것은 당연했다.

"전 이해가 잘 안 됩니다."

"뭐가요?"

"자금이 든든한 외투사에서 굳이 그런 매수 작업까지 할 필요가 있는지 하고 말입니다."

"후훗. 김 과장님은 의외로 순진하군요."

"예? 제가 순진하다고요?"

"예. 외국인들이 비즈니스에 임할 때는 단돈 1센트를 가지고도 앞뒤와 좌우를 다 재 보고 투자한다는 걸 아셔야 합니다."

"그야…… 하, 하지만 저를 매수하려면 공짜로는 어렵지 않습니까?"

"물론이지요. 그러나 그조차도 다 재 보고 접근하는 걸 아셔야 합니다. 절대 손해 보는 장사를 하지 않는 작자들이니 굳이 이해하려고 할 필요는 없습니다."

"흠, HJ빌딩이 적지 않은 금액일 것이라는 거야 대충 짐작이 되지만 실제 가치를 평가해 본 결과는 어떻습니까?"

"곧 자료를 드리면 알겠지만 대략 사천억 원 정도입니다."

"헉! 사, 사천억 원!"

감도 안 잡히는 금액에 '뜨헉!' 하는 표정을 짓던 김성택이 다시 물었다.

"하, 하면 우린 얼마를……?"

"그건 들어가서 얘기하지요. 기다리고 계실 테니 말입니다."

"아! 맞다. 안 그래도 이쯤에서 HJ빌딩에 대해 의논이 있어야겠지요."

"들어가시죠."

"예."

담용이 들어서서 말을 꺼내기도 전에 주경연 회장이 물어왔다.

"육 팀장."

"예?"

"자네…… 그동안 HJ빌딩을 평가한다고 부지런히 뛰어다닌 것으로 아는데 아니었나?"

"웬걸요? 죽어라고 뛰어다녔지요."

뭐, 직접 뛰어다닌 것은 아니고 송동훈 팀이 한 일이지만 담용이 해낸 일이나 진배없으니 생판 거짓말은 아니다.

"근데 왜 여태 말이 없는가? 낼모레가 경맨데…… 혹시 내가 날짜를 잘못 알고 있나?"

"아뇨. 낼모레가 맞아요."

"하면 그렇게 애써 놓고 낙찰을 받지 않으려고 하는 건가?"

'에휴! 노인네가 눈치는…….'

어째 말투가 살짝 빗나간다는 느낌을 받은 담용이 어깨로 주경연 회장을 슬쩍 건드렸다.

툭.

"에이, 왜 또 이러셔요?"

"흥! 젊은 놈들끼리만 꿍짝을 맞추니 늙은이들이 삐치는 것은 당연하지."

"암은. 나이를 먹을수록 감정의 폭이 커지고 또 더 쉽게 상처받고 더 섭섭하고 마음은 더 조급해진다는 걸 몰라서 그래?"

"그럼, 그럼. 공연한 심술도 늘기 마련이지."

이번에는 아예 두 노인네가 짝짜꿍이 되어 담용을 째려보고 있다.

"푸후훗."

샐쭉해하는 두 노인네의 표정이 재미있다는 듯 설핏 웃어 보인 담용이 가방에서 서류를 꺼내 세 사람에게 나눠 줬다.

"헐헐헐. 꼭 한마디 해야 이런 쪽지라도 얻어 본다니깐. 헐헐헐."

"마 회장, 자넨 한마디만 하면 되지만 난 마구 울어 대야 겨우 얻어 본다네. 에잉, 고양이를 키우려다가 호랑이를 키우게 된 건 아닌지 몰라."

"뭬야? 난 호랑이를 키우려고 했던 건데 자넨 고작 고양이였어?"

"헐헐헐. 데리고 놀기 좋잖아?"

"예끼! 고양이가 어딜 감히 우리와 어울리려고?"

"에혀! 두 분 그만하시고 서류나 펴 보세요."

"어? 그, 그려. 어디 보자. 히익! 사, 사천억!"

"헐! 사천억이라니! 이게 어느 나라에 있는 빌딩이야?"

'쳇! 웬 엄살?'

돈이라면 누구 못지않게 소유하고 있다고 자부하는 두 노인네가 놀란 표정을 짓는 것을 보고 담용은 다른 말을 꺼내지 못하게 곧바로 말을 이었다.

"가치 평가를 한 결과일 뿐이지 경매에 들어가면 반의반 동강이 날 물건입니다."

"어, 얼마나?"

"글쎄요. 대략 천오백억 정도?"

"뭐, 뭣이? 천오백?"

"허어! 사천억짜리가 천오백이라니! 설마?"

"뭐, 거의 그 가격에서 왔다 갔다 할 것으로 여겨집니다."

"그걸 어떻게 아나?"

"경매라는 것이 원래 그런 성격이지만 외환 위기에 처한 국가라면 정상적인 국가보다 부동산 가격이 형편없으니까 그렇죠."

"그래도 HJ빌딩 정도면 경쟁이 치열할 텐데 절반 가격에도 못 미친다는 게 말이 되냐?"

"이건 필히 우리가 낙찰받아야겠구나."

"맞아. 이걸 외국인들에게 넘길 수는 없지. 암, 그렇고 말고."

"크흐흠. 4,000억짜리 건물을 1,500에 낙찰받을 수만 있다면 거저줍는 거나 마찬가지지. 주 회장, 안 그런가?"

"그럼, 그럼. 거저지 거저."

"하아! 이거…… 욕심나는걸."

"나 역시 매한가질세."

서류를 보자마자 눈자위가 벌게지기 시작하는 마해천 회장과 주경연 회장이다.

표정도 진심을 담은 욕심으로 서서히 변하고 있었다.

그렇게 두 노인네가 서류를 살피며 주거니 받거니 입에 침을 튀기는 것을 보고 있던 담용도 내심 인정하는 부분이 있는지 고개를 주억거렸다.

'훗! 그럴 만도 하지.'

이유는 물경 4,000억의 값어치를 지닌 건물을 1,500억에 낙찰받았을 경우 2,500억의 반사이익이란 재벌 반열에 입성할 수 있는 발판이 될 수 있는 금액이었기 때문이다.

여기서 잠시 숫자놀음을 한번 해 보자.

우리가 돈을 모으기로 결심했을 때, 흔히 체감하는 부분은 처음 100만 원을 모으기가 결코 쉽지 않다는 것이다.

그러나 100만 원의 벽을 넘어서게 되면 200만 원, 300만 원을 모으는 것은 처음보다 조금 더 쉽다는 것을 느낀다.

그렇게 천만 원 단위까지는 그리 어렵지 않게 모을 수 있을지 모르지만 억 단위는 결코 쉽게 넘볼 벽이 아니다.

1억이라는 단어의 의미를 생각해 보자.

억億이라는 단어를 한자로 풀어 보면 '사람 인人'에 '뜻 의意' 자가 합쳐진 글자로 사람이 뜻을 세울 수 있는 돈이라고 풀이할 수 있다.

여기서 더 파자를 해서 풀어 보면 '人 + 日 + 心 + 立'이 된다.

풀이를 해 보면 '사람이 매일같이 큰 뜻을 마음에 새겨야 만들 수 있는 돈'으로 해석할 수 있으며 이는 평생을 모아도 '1억'을 모으기가 불가능함을 일컫는 말이다.

다시 말해 인간이라면 평생을 매일같이 큰 뜻을 마음에 새기기가 어려우니 닿기에는 가능한 숫자가 아니라는 의미다.

그러나 근자에는 '억'이 흔한 숫자가 되어 버렸다.

경위야 어찌 됐든 불가능하다고 여겼던 숫자를 넘어서다 보니 1억에서 2억, 2억에서 4억을 모으는 것 역시 결코 어렵지 않게 됐다.

그렇게 10억, 100억까지는 돈이 돈을 번다고 어찌어찌 도달할 수 있겠지만 이것도 천억이 넘어가면 완전히 다른 세상이 된다.

일례로 100억에서 20%를 벌면 20억이지만 1,000억에서 10%를 벌 경우는 100억, 즉 고작 20%의 절반에 해당하는 수익임에도 100억을 가진 사람의 전 재산을 벌 수 있는 것이다.

그런 연유로 칠순이 넘은 나이임에도 돈의 논리를 알기에 마해천 회장과 주경연 회장이 주책을 떠는 것이다.

'쯧! 찬물을 끼얹으려니…….'

온갖 상상을 다 해 대며 조금은 흥분하고 있는 두 노인네의 기대를 저버릴 마음을 먹은 담용의 말투가 조금 냉정해졌다.

"저…… 죄송하지만 두 회장님께는 HJ빌딩에 대한 욕심을 접으시는 것이 좋겠습니다."

"잉? 뭐라?"

"아니! 왜?"

"이번 HJ빌딩 경매는 작전 물건으로 정했기 때문입니다."

"엉? 작전 물건?"

"예. 그것도 외투사들이 적지 않은 자금을 토해 놓게 만드는 작전 물건요."

"흠. 난 잘 이해가 잘 안 가는군."

"나도다. 자세히 좀 말해 주겠나?"

"이건 비밀을 요하는 문제라 좀 참으셔야 하는데요?"

"무어라? 비밀?"

"예. 그것도 극비입니다."

"헐! 극비?"

"극비라니? 당최 뭔 말인지 모르겠군."

"두 분 회장님께서는 궁금하시더라도 그렇게만 아시고 계십시오. 이는 믿지 못해서가 아니라 놈들에게 표정까지도 숨겨야 하는 처지라서 그렇습니다."

"하면 이번 경매는 참여하지 않을 건가?"

"웬걸요? 참여합니다."

"그러면서 무슨 비밀이라고……?"

"이번 경매에는 저와 김성택 과장만 참석할 것이니까 그렇지요."

"잉? 날 빼 놓고 둘이서만 간다고?"

"예. 주 회장님께서는 우리 센추리홀딩스의 주축 중 한 분이시니 함부로 나서는 건 자제해야 합니다. 그냥 자리를 지켜 주시는 것만으로도 충분하거든요."

"헐! 이빨 빠진 늙은이라 이건가?"

“천만에요. 엠머빌딩을 낙찰받은 후부터 주 회장님은 이미 외투사들의 주시를 받고 있는 인물이라고 생각하시면 됩니다.”

“뭐, 나야 아무래도 좋네만 HJ빌딩에 대한 욕심을 접으라는 건 뭐고, 또 작전 물건으로 정했다는 건 뭔지나 알려 주게.”

“그래. 나도 주 회장처럼 그 연유가 궁금하구먼.”

“쩝. 비밀이라니까요.”

“예끼! 이 사람아!”

깜짝!

“마음에도 없는 소리일랑 하덜 말고 언능 말해 보게.”

“꼭 아셔야겠습니까?”

“그려. 뒷방 늙은이 취급받기 싫으니 어여 말해 보게나.”

하기야 말로는 비밀이라고 했지만 실지로는 따로 떼어 놓고 일을 추진하기에 어려운 사람들이다.

“쩝! 할 수 없군요. 간단합니다. 낙찰을 받는 것만이 능사가 아니라는 것이 그 이윱니다.”

“으잉? 그 말은 낙찰을 받지 않겠다는 뜻이냐?”

“예. 입찰에 들어가긴 하지만 저와 김 과장은 미끼일 뿐이거든요.”

“미, 미끼?”

듣자니 점입가경인 것 같아 두 노인의 표정은 궁금증만 더

해 가는 기색이다.

"그렇습니다. 앞으로 두고 보시면 아시겠지만 외투사들에게 이번 HJ빌딩은 제대로 된 가격에 매입하도록 할 작정이거든요."

"그, 그래?"

"하핫. 마 회장님 표정이 어째 떨떠름한 것 같은데 달리 이유가 있습니까?"

"크흠. HJ빌딩이 경매로 나온다는 말을 듣자마자 내가 개인적으로 매입하기로 결심했던 물건이었네. 그만큼 잘 지은 건물이라 욕심이 난 게지. 자금이 없는 것도 아니고…… 쩝!"

"후후훗. 마음은 이해합니다만……."

"바, 방법이 없겠나?"

"글쎄요. 센추리홀딩스가 아닌 마 회장님 개인적으로 구입하고 싶다는 데야 제가 관여할 일은 아니지요. 하지만 1,500억에 낙찰받기는 어려울 것입니다."

"그야 외투사들도 그 가격에 오퍼를 낼 테니 좀 더 써야겠지."

"제 말은 그런 뜻이 아닙니다."

"엉? 다른 뜻이 있나?"

"예. 조금 전에 작전 물건이라고 말씀을 드렸듯이 저희가 미끼가 되어 가격을 올릴 작정이거든요."

"어, 얼마까지?"

"마 회장님께서 정히나 욕심을 내시겠다면 3,000억까지 생각하셔야 할 것입니다."

"잉? 사, 삼천억이라고?"

어마어마한 금액에 천하의 마해천 회장도 '뜨헉!' 했던지 놀란 토끼 눈이 되어 주경연 회장을 쳐다보았다.

그도 그럴 것이 사옥으로 사용하고 있는 거산빌딩의 감정가가 400억 정도였으니 실제 매매 가격을 500억으로 잡는다고 해도 무려 다섯 채를 살 수 있는 금액인 것이다.

"허어. 무려 두 배의 금액이군그래."

"그, 그렇지?"

"응. 그 정도 가격이면 포기해야겠구먼."

"끄응."

마해천 회장이 끌탕을 하는 사이 담용의 뇌리에 불현듯 전구가 하나 밝혀졌다.

'우후훗. 이걸 잘만 이용하면……?'

무슨 기발한 생각이 떠올랐는지 내심 미소를 지은 담용이 입을 열었다.

"마 회장님, 방금 생각이 났는데요."

"응? 내게 낙찰시켜 볼 생각인가?"

도리도리.

"아뇨."

"그럼?"

"좀 도와주십사 하고요."

"엉? 내가?"

"예."

"내가 뭘 도울 게 있다고?"

"HJ빌딩은 욕심을 접으십시오. 어차피 우리가 모든 물건을 낙찰받을 수는 없지 않겠습니까?"

"그야……."

"이번은 양보하세요. 대신 우리가 돈을 많이 벌었을 때 더 멋진 빌딩으로 사 드리죠."

"흠. 그거 공수표 아니지?"

"그럼요. 대신 마 회장님 개인 자금으로 매입하셔야 합니다."

"내 것이니 그래야지. 한데 뭘 도와 달라는 건가?"

"HJ빌딩을 양보했으니 그런 만큼 낙찰자에게 엄청 비싼 대가를 치르게 하려구요."

끄덕끄덕.

"흠. 대충 자네의 의도를 알겠군."

"나도 짐작을 할 것 같아."

아날로그에서 디지털로 빠르게 진화해 가고 있는 시대적 조류에는 순발력이 떨어지는 두 사람이지만 오랜 연륜에서 자연히 몸에 익혀진 감각은 담용의 의도를 짐작하고도 남았다.

"뭐, 두 분 다 짐작을 하시는 것 같으니까 말씀드리기가 편하겠네요."

"흠. 이 늙은이더러 작전 세력에 동참하라는 게지?"

"후후훗! 맞습니다. 이왕이면 주 회장님께서도 참여해 주시면 금상첨화겠죠?"

"나도 말인가?"

"예. 작전 세력이라는 건 많으면 많을수록 좋지요."

"흠. 이미 센추리홀딩스 사람이라는 걸 알 텐데?"

"대타를 내세워야지요."

"뭐? 대타를 내세운다고?

"예. 당연히 계약금이 들어 있는 계좌를 지니신 분이어야 하지요."

경매에 참여하는 사람이라면 열외 없이 최소한의 자격을 증빙해야 하는 것이 의무이기에 하는 말이다.

그렇지 않으면 어중이떠중이들이 죄다 몰려와 난장판이 될 것이기 때문이다.

"헐! 결국 대타 명의로 계좌를 만들어서 우리 돈으로 참여하란 말이군."

"하하핫. 어차피 이 난국을 조금이라도 타파하고자 모인 우리들이 약간의 번거로움 정도야 감수해야지 않겠습니까?"

"끙. 네 녀석은 곤란할 때마다 꼭 그런 얘기를 꺼내 우리 두 늙은이들을 매번 입 다물게 하는군."

"흥. 저것도 애국심을 빙자한 작전일 거야."

"에이. 무슨 말씀을 그렇게…… 아무튼 보따리를 풀어 놓을 테니 들어 보시기나 하세요."

"읊어 보거라."

"예. 제가 가장 우려하는 점은 외투사들이 담합을 할 것이란 점입니다."

"응? 다, 담합?"

"그렇습니다. 금액이 천억 원 이상 가는 물건은 담합을 함으로써 비용을 줄이려 할 것이란 거죠."

"담합을 한다면 얼마에 낙찰받겠다는 거지?"

"그야 저도 모르지요. 다만 최저가를 살짝 넘기는 정도의 가격일 것이라는 건 추측할 수 있습니다."

"최저가?"

"예."

파락. 파락.

마해천 회장이 최저가를 확인하려는지 급히 서류를 넘길 때 주경연 회장이 말했다.

"1,200억일세."

"그렇군. 1,200억."

두 사람 모두 공히 느끼는 감정은 4,000억 원에 비해 터무니없이 싸다는 것이다.

"아무리 최저 가격이라지만 너무 싸게 책정된 것이 아닌가?"

"맞습니다. 터무니없이 싸죠."

"이렇게 싸게 책정한 이유라도 있나?"

"그만큼 관계자들이 무지하다는 겁니다. 한마디로 우물 안 개구리라는 거죠."

"빌어먹을 자식들."

"푸헐! 원래 공사 같은 국영 기업체 놈들이 하는 짓거리가 다 그런 거지 뭐."

"하긴…… 제 밥그릇 지키기에 급급한 놈들이 연구나 개발 같은 것에 힘을 쓰기나 할까?"

"철밥통이 달리 좋은 게 뭐겠나? 가만히 있어도 정년이 될 때까지 탈 없이 나오는 월급을 꼬박꼬박 타먹는 거지."

"국민 혈세를 임자 없는 돈이라고 여기는 놈들이니 고마운 감정이 있을 리가 있나?"

"그래서 민영화로 전환해 서로 경쟁을 붙여야 한다니까. 그렇게 되면 눈에 불이 나도록 연구 개발을 할 것이고 또 그래야 서비스의 질도 현저히 개선될걸?"

"흥! 날도둑놈들 같으니……."

"관청을 한번 가 봐. 국민들에게 월급을 받아먹는 놈들이 오히려 국민 위에 군림하고 있는 거 못 봤어?"

"쿵! 우리가 월급 주면서도 되레 굽실거려야만 굴러가는 이놈의 나라…… 에잉."

두 노인네의 넋두리 아닌 넋두리를 듣고 있던 담용은 주제의 본질이 살짝 엇나가고 있었지만 잠자코 들었다.

하기야 두 노인네의 나이라면 국민 위에서 군림하는 공무원들의 작태를 한두 번 겪은 것이 아니었을 것이고 또 그 억울함이 절절히 몸에 배여 있을 것이기도 했다.

모두가 국민들로 하여금 숨도 못 쉬게 한 군정軍政이 낳은 부산물들이다.

뒤늦게야 분노를 토해 내자니 이제는 몸도 마음도 지친 나이가 되어 버렸다.

뭐, 지금이라고 별반 나아지거나 개선된 것이 별로 없는 형편이지만 2010년대에 가서는 눈에 띄게 좋아지고 있는 것이 확연히 드러나는 시기이긴 하다.

담용의 개인적인 견해는 국영 기업체가 민영화를 반대하는 것은 경쟁을 하기가 싫다는 의도로밖에는 보이지 않는다는 점이다.

그저 자리에 안주해서 복지부동하며 주는 월급이나 따박따박 타먹겠다는 심사라고 말하고 싶다.

경쟁 상대가 없는 기업은 생기가 없는 죽은 사업체나 마찬가지다.

당연히 발전을 기대하기가 어렵다.

후진국일수록 국영 기업의 숫자가 많다.

왜냐?

정치놀음의 근간이 되는 기반 사업체니까.

모든 사업체가 다 그렇기야 하겠냐만 전문가도 아닌 낙하산 인사들이 대거 몰려드는 곳이 국영 기업체다.

무슨 잠시 쉬어 가는 휴양지나 노인정도 아닌데 말이다.

특히나 낙하산 인사 뒤에는 필히 따라오는 작자들이 있었으니 바로 정실 인사들이다.

즉 낙하산 인사의 백으로 들어온 사람들이 호가호위하는 작태가 벌어지는 것이다.

이런 판국이니 발전을 기대할 수가 있겠는가?

민영이면 택도 없는 일이다.

하지만 장담할 수 없는 것은 우리나라같이 정치 후진국이라면 민영화가 되더라도 대가성 정치 자금이 오갈 것은 빤한 일이니 아예 시행하지 않는 것이 더 나을지도 모르겠다.

돈만 관련된 일이라면 어찌 그리 환장하고 길길이 날뛰는지…….

각설하자.

담용이 우물 안의 개구리라고 표현한 것을 달리 말하면 관계자들 중에 투자에 관한 전문가가 많지 않다는 말과 같았다.

실제로 관치 금융에 안주해 온 대한민국이다 보니 굳이 에이전트니 펀드매니저니 인베스터니 하는 개념이 발전할 토대가 많지 않았던 것은 사실이었다.

기껏 기발한 투자거리나 아이디어를 내놔도 관치 금융이 이를 틀어막아 버리니 발전할 여지가 없었던 것이다.

고로 외환 위기를 맞은 지금 이를 효율적으로 대처해 나갈 인재가 태부족인 것은 자업자득이라고 할 수 있다.

인재 하나만 제대로 키워 놓았었더라면 전 국민이 이렇듯 허덕이며 허리를 졸라매지는 않았을 것이다.

아이러니한 것은 정작 외환 위기를 초래한 작자들은 떵떵거리며 살고 있는 것도 모자라 부를 더 축척했다는 사실이다.

마치 자신이 부자가 되기 위해 일부러 외환 위기를 초래한 것처럼 말이다.

말도 안 되는 유언비어임을 알지만 오죽하면 그런 말까지 떠돌았을까?

"제가 관계자들이 무지하다고 말한 것은 이들이 하한가만 생각했지 외투사들이 담합을 할 수도 있다는 점을 간과했다는 겁니다."

"그 정도는 생각할 수 있지 않나?"

"돈 놓고 돈 먹는 외투사들이라 여겨 경쟁할 것이라고만 생각했지 담합이란 단어는 눈에 들어오지도 않았을 겁니다."

"이 늙은이가 알기로는 정부 관계자들이 멕시코에 가서 벤치마킹을 하고 왔다고 들었는데……."

우리 바로 앞에 외환 위기를 맞았던 멕시코여서 하는 말이다.

기실 직접 멕시코로 가서 벤치마킹을 한 것은 맞다.

하지만 경제 구조가 전혀 달라 도움이 되지 못했다. 이 역시 제대로 된 전문가만 있었다면 쓸데없는 시일을 허비하지는 않았을 것이다.

"에잉. 그건 시일도 짧았지만 너무 늦은 감이 있어서 그리 효과를 보지 못했지."

유가증권의 대가라 그런지 경제 관념이 해박한 주경연 회장이다.

"주 회장님의 말씀이 맞습니다. 게다가 미리 외환 위기가 올 줄 알고 대비를 했어야 하는데 미련한 사람들이 들이닥치고 나서야 허둥지둥한 꼴이라 더 가관이었지요."

"아무튼 이미 벌어진 일을 두고 왈가왈부하는 건 현명한 처사가 아니니 그만두세. 그래, 그다음은 뭔가?"

"두 분께서 허락하신다면 우리 작전 세력은 모두 네 명이 됩니다."

"세 명이 아니고?"

"김성택 과장도 별도로 쳐야 합니다."

"아! 그렇다면야…… 하면 방법은 뭔가?"

"아시다시피 외환 위기 전의 매매 가격이 물경 4,000억 원을 호가하던 건물이 HJ빌딩입니다. 외투사들이 감정한 가격이 별도로 있겠지만 담합을 확신한 이상 그들이 낸 가격은 의미가 없습니다. 그래서 저는 이왕 작전 세력으로 나서는 이상 가격을 크게 업시키려 합니다."

"어, 얼마나?"

"일단 2,500억 원부터 시작하려고요."

"헐! 그렇게나?"

"예. 그래야만 합니다. 이제 네 명으로 확대됐으니 더 큰 금액으로 유도해야 할 것입니다. 먼저 김성택 과장이 센추리 홀딩스의 대표로 입찰에 나설 것이니 2,501억 일천만 원으로 정하겠습니다."

"자, 잠깐!"

"……!"

"이보게, 육 팀장. 가격을 너무 성급하게 정하는 것 같지 않나?"

"예? 무슨 말씀이신지……?"

"첫째는 외투사들이 우리가 낼 입찰 가격을 모른다는 것이고, 둘째는 만약 낙찰이 됐을 때 그걸 어찌 감당할 것이냐는 것일세. 난 1,500억이면 모를까 2,500억은 도저히 자신이 없다네."

혹시라도 낙찰이 되면 자신에게 매입하라고 할까 봐 미리 선을 긋는 마해천 회장이다.

'후후후. 1,500억이면 그래도 최소한 100억 정도는 남는 장사네.'

1,400억에 낙찰받았을 경우 마해천 회장에게 되팔았을 때 생기는 수익이다.

아무튼 외환 위기 이후 최초로 천억 원이 넘는 물건이 경매로 나온 셈이다.

물론 이보다 배는 더 값이 나가는 역삼동의 HS사옥과 몇 개의 빌딩이 더 있지만 아직은 경매로 나온 물건이 아니어서 현재로서는 가장 고가에 팔릴 예정인 부동산이었다.

하지만 담용은 HJ빌딩 역시 경매 물건이 으레 그렇듯 헐값의 운명에 처해질 것임을 예상하고 있었다.

당연히 외투사들의 담합에 의해 벌어지는 참사다.

최종 낙찰자가 파이낸싱 스타라는 것과 낙찰가도 하한가인 1,200억 원을 약간 상회하는 형편없는 가격이었음도 알고 있다.

'흥! 이번에는 어림도 없다.'

담용은 외투사들 간의 경매 물건에 대한 담합이 비일비재했음을 알지만 구체적으로 HJ빌딩에 대해 어떤 외투사들이 담합에 관련되었는지까지는 알지 못했다.

아마도 외투사라면 대부분 해당될 것으로 짐작이 됐지만 당시의 담용으로서는 너무나 미미한 존재라 지켜만 보고 있어야 했다.

어찌 됐든 담합에는 비열한 뒷거래가 있기 마련이다.

담합이 아니면 경쟁에 의해 자금의 출혈이 클 수밖에 없기에 외투사들은 그들 나름대로 상한선을 정해 놓고 경매에 임하는 척하는 것이다.

물건을 몰아 준 외투사에게 낙찰이 된다면 수익을 나눠 먹는 방식을 의논하거나 아니면 애초에 합의한 대로 수익 배분을 진행하면 된다.

여기까지가 기억 저편에서 어느 정도 유추하고 있었던 사실이다.

하나 이번에는 기억 저편에서와 달리 약간이지만 변화가 있다고 보는 담용이었다.

이는 지금 의논하고 있는 작전 세력과는 별개의 문제로 다름 아닌 센추리홀딩스라는 투자사의 등장에 의해 외투사들의 움직임이 있을 것이라는 얘기다.

담용은 외투사들이 담합을 했다지만 센추리홀딩스란 회사의 변수를 생각하지 않을 수 없을 것이라고 봤다.

기억 저편에서는 한국의 투자사들이 개입한 흔적이 없었던 터라 외투사들이 경쟁 상대로 여기지 않았지만 이번에는 마냥 무주공산만은 아닌 것이 걸림돌로 작용하고 있는 것이다.

아니, 틀림없다.

더욱이 일전의 엠마타워를 낙찰받았던 전력은 최대의 걸림돌이 되는 계기가 됐을 것임을 의심치 않았다.

굳이 아니더라도 듣도 보도 못한 투자사에 기습을 당한 격이라 여러 외투사들이 신경이 쓰이는 존재로 각인됐을 수는 있었다.

그래서 엠머타워는 일종의 미끼가 됐다.

미끼란 죽는 법. 그래서 그런지 재매각이 되어 버렸다.

미끼가 제대로 역할을 한다면 외투사들 중 누군가가 센추리홀딩스의 담당 직원에게 접근할 것이라는 예측은 가능해진다.

즉 경매에 관련된 경쟁 회사 직원을 구워삶는 방법이다.

이는 상대의 입찰가에 대한 정보가 없다면 상대 회사의 직원을 매수하는 행위 등은 예사로 이루어지는 일로 치부하는 외투자들의 정서에서 기인했다.

단지 담용이 체험을 해 보지 않았다 뿐, 유추할 수 있는 근거나 사례들은 수없이 많았다.

문제는 과연 예상한 대로 센추리홀딩스에도 손을 뻗쳐 올 것이냐 하는 점이었다.

하지만 우려가 없지 않음에도 불구하고 담용은 확신하고 있었다.

'놈들은 필히 온다.'

이를 뒷받침하는 근거는 담합이 결코 쉬운 일이 아니라는 점이 그 이유다.

마치 약속이란 말도 역설이 되면 깨지기 위해 존재하는 낱말이 되는 것처럼 약속도 배신도 밥 먹듯 하는 것이 외투사들이기 때문이다.

이 외에도 여타의 경쟁 외투사들이 많은 데다 거기에 더해 경매로 나오는 물건 하나하나에까지 담합을 시도할 수는 없는 일이 아닌가?

더구나 쓸 만한 물건이 경매로 나온다면 담합은 진즉에 물 건너가는 것이 이 바닥의 정서다.

오히려 경쟁이 과열되는 현상이 벌어져 물밑 작업이 치열하기까지 하니 자금이 풍부하다고 해서 능사는 아닌 것이다.

이 말은 외투사들이 담합을 위해 음모를 꾸밀 때와 경쟁을 벌일 때의 모습은 이미 출발할 때부터 이중적 잣대를 가지고 임하기에 더 어렵다는 뜻이다.

그렇듯이 담합이란 설사 모든 일들이 거기에 초점이 맞춰지고 또 그렇게 행해져 왔더라도 쉽사리 성공하기 어려운 행위인 것이다.

'하지만 돌아오는 대가가 크다면 담합을 이루는 건 별로 어렵지 않다.'

이번 HJ빌딩은 큰 떡이다.

큰 떡에는 콩고물이 많을 수밖에 없다.

고로 콩고물을 주워 먹기 위해서라도 의외로 담합이 쉽게 이루어질 수도 있음이다.

담용이 이를 간과하지 않았기에 작전 세력을 구상한 것이다.

그 선두에는 센추리홀딩스가 있었다.

미미한 데다 존재감이 별로 없는 투자사라지만 유수의 외투사들의 담합을 깨는 변수로 충분히 작용할 수 있다는 것이 담용의 생각이었다.

'훗! 접근해 오지 않는다면 우리가 낙찰받으면 되지.'

내심은 그랬지만 최악의 경우다.

물론 그만한 자금을 갖추고 있는 터라 별로 걱정은 되지 않는다.

디만 그랬을 경우 한꺼번에 너무 많은 자금이 투입되어 차기 혹은 차차기 경매에 지장이 있을 것이 우려됐다.

"흠. 2,500억부터라면 자네가 정한 상한선은 얼만가?"

"아까 말씀드렸듯이 3,000억입니다."

"아! 그게 그 말이었나?"

"예. 두 분 중 한 분이 최고가인 3,000억 원을 써 내셔야 합니다. 중간 다리 역할은 대략 2,900억 선이면 되겠고요."

"그, 그러다가 놈들이 이익이 없다고 포기해 버리면? 아니 실익이 없다고 여긴 그들이 이 나라를 떠나 버리는 일이라도 생기면 어떡하나?"

"후훗. 그들은 절대로 못 떠납니다."

"아니, 어째서?"

"외환 위기에 처한 나라만 골라서 투자하는 외투사들은 그만한 이유가 있어서 오는 겁니다."

"그 이유란 걸 좀 들어 보세."

"간단합니다. 낙찰을 받고 5년 이내에만 재매각해 이윤을 남길 수만 있다면 이만한 투자도 없기 때문이지요. 외투사들은 HJ빌딩을 3,000억에 낙찰받더라도 향후에 5,000억에 재매각하는 요술을 부릴 겁니다."

"헐!"

"오, 오천억!"

두 노인네가 놀라 탄성을 내지르지만 실제로 있었던 일이다. 그리고 그들은 그런 재주 하나는 정말 탁월했다.

그뿐인가?

그들은 보유하고 있는 동안에도 렌탈을 통해 고수익을 올림으로써 절대 손해를 보지 않았다.

또한 재매각 대상자를 국내 기업이 아닌 해외 기업에서 찾아 성과를 이루는 귀신 같은 존재들이다.

물론 종국에 가서는 국내 기업이 비싼 가격에 되사 오는 출혈을 하게 되지만…….

미련퉁이 짓이지만 그때 가서야 경제가 완전히 풀리기에 사옥으로든 뭐든 사들여야만 했다.

그런 과정을 알고 있는 담용이지만 당장은 달러 한 푼이 아쉬운 국내 사정인지라 지금은 이것이 최선이었다.

담용이 없었다면 실제로는 1,200억 조금 넘는 금액이 달러화가 된다.

그러나 담용이 개입하면 3,000억이 달러로 들어오게 되는 것이다.

약 1,800억의 차이.

이게 과연 우스운 금액일까?

단돈 1달러가 아쉬운 판에 말이다.

"하면 외투사들 중 김 과장에게 접근하는 작자가 과연 있으리라고 장담하나?"

"그럼요. 상대의 입찰가를 유추하고 결정된 가격을 빼내는 일은 경매의 기본이니까요."

할 수만 있다면 이것이 확실한 방법일 것이다.

투자사들 사이에서도 갱이라고 불리는 (주)파이낸싱 스타, 즉 한국법인 대표인 체프먼이라면 그렇게 하고도 남을 인물이었다.

담용도 거기에 기대를 걸고 있는 중이었다.

"헐! 우리 같은 생초짜 회사에 뭘 볼 게 있다고 신경을 쓰겠나?"

"하하핫. 제가 장담하건대 우린 이미 노출될 대로 됐을 것이라는 말입니다."

"설마? 겨우 엠마타워 하나 낙찰받은 걸로 그럴까?"

이런 마인드가 경험이 없는 데서 오는 무지다. 아니, 순진무구함이다.

"예. 다른 외투사들은 몰라도 적어도 엠마타워를 매입한 파이낸싱 스타는 우릴 주시하고 있을 거라는 거죠."

쓴잔을 마신 당사자이니 당연했다.

"흠. 자넨 파이낸싱 스타에서 직접 접근해 올 것이라고 여기는가?"

"그거야 저도 모르지요. 아무튼 분명히 접근해 오는 자가 있을 겁니다. 타깃은 김 과장님이 될 확률이 가장 크고요."

"하긴 다 늙은 우리에게 다가오지는 않을 테고…… 자넨 워낙 바빠서 자리에 붙어 있지도 않으니 결국……."

두 노인네의 시선이 여태 말이 없이 앉아 있는 김성택에게로 쏠렸다.

'아나…… 그런 건 정말로 하기 싫은데…….'

악역을 맡은 터라 김성택의 표정이 좀처럼 펴질 줄을 모른다.

하기야 마음에도 없고 자신도 없는 이중 스파이 노릇을 하라는데야 누군들 좋아라 할까?

그것도 직장 상사가 빤히 보는 앞에서 말이다.

의도된 것이라고 해도 그렇다.

마해천 회장이 그런 김성택의 심정을 알았는지 한마디 했다.

"어차피 작전이라는데 마음을 편하게 가지게. 그렇게 불안한 표정을 지어서야 금세 눈치채겠구먼."

"그, 그래도요……."

"자네 마음은 아니까 아무런 걱정 말고 육 팀장이 시키는 대로 하게."

"아, 알겠습니다."

"접근해 오지 않을지도 모릅니다."

"그랬으면 좋겠네요."

마해천 회장의 허락을 얻었다고 이제는 대답도 쿨하게 하는 김성택이다.

"충분히 할 수 있지요?"

"걱정 말아요. 나도 회장님을 모시며 이 바닥에서 굴러먹은 지 꽤 되니까요."

"후후훗. 좋습니다. 밥은 사셔야 합니다."

정보를 주는 대가로 챙길 언더머니로 사라는 얘기다.

"그냥 육 팀장님이 제 대신 하시는 게 어떨지요?"

"하하핫. 전 너무 뺀질거려서 그 작자들이 아예 접근도 하지 않을걸요?"

"하긴, 어차피 제가 육 팀장님 역할을 하기도 어려우니…… 어쩔 수 없지요."

"두 분 회장님."

"말하시게."

"다시 한 번 말씀드리지만 분위기가 고조되더라도 절대로 방심하면 안 됩니다."

"알고 있네. 설사 잘못되어 낙찰을 받게 되더라도 경매가를 최대한 올리도록 하지."

"그래도 마지노선을 지켜야 합니다."

3,000억이다.

"자칫하면 그거 한 번에 우리 자금 절반이 날아가게 될지도 모르니까요."

"그런 일이 벌어지면 돈을 더 벌면 되지 뭐가 걱정인가? 자네가 있는데. 마 회장, 안 그래?"

"암은. 돈벌이에는 귀신이니 금세 그만큼 벌어들일걸?"

'참 나…….'

어이가 없다는 눈빛으로 두 노인네를 흘겨 보자 주경연 회장이 물었다.

"김 과장과 자넨 얼마를 써 낼 건가?

"김 과장은 2,513억이고 전 그냥 2,600억 정도 써 낼 작정입니다."

"김 과장의 금액이 꽤 구체적인 것 같군. 그럼 다 정해진 건가?"

"하하핫. 김 과장님이 놈들에게 알려 줄 금액은 2,513억입니다. 나머지는 잘 모른다며 적당한 말로 궁금증을 유발시키면 됩니다. 물론 받을 걸 먼저 챙긴 뒤에 말입니다."

"휘유! 아, 알았습니다."

2,513억 원.

김성택은 도무지 감이 잡히지 않는 금액이라 혀부터 내둘렀다.

"양동 작전이로군."

"예. 작전이 이렇다는 것도 김 과장님이 놈들에게 알려 주십시오."

"그러니까 1조와 2조로 나뉘었는데 우리 조는 2,513억이고 다른 조는 잘 모르겠다고 하란 말이지요?"

"히하핫! 척하면 착이네요."

"그리고 또 두 분 회장님이 개인적으로 내세운 에이전트가 두 명이 더 있다고 은근슬쩍 흘리면 되고요."

짝!

"바로 그겁니다. 아마 그렇게 되면 놈들이 한참을 고민할 겁니다."

"흠. 패를 먼저 내보인 금액보다 적게 써 내리라는 생각은 하지 않을 것 같군그래."

"거기에 우리도 그만큼 신중하게 응하고 있다는 인상을 줄 수도 있겠군."

"후후후. 맞습니다. 그걸 두고 일종의 덤으로 얻는 부산물이라고들 하지요."

"근데 경매가 임박했는데 아직 아무런 낌새가 없는 걸 보면 놈들이 정말 접근해 올지가 의문입니다."

"김 과장님, 아직 시간이 있으니 기다려 보세요. 이런 경우는 으레 시간이 임박해야 통한다고 생각하기 때문에 좀 늦는 편이죠."

"끙. 기다려 보죠, 뭐."

"아무튼 모레는 어려우시더라도 다른 일을 잠시 제쳐 두고

이 일에 전념해 주셨으면 합니다."

"알았네."

"그거야 어려울 것 없지."

BINDER
BOOK

의뢰

8월에 들어 TF팀의 첫 미팅을 끝낸 담용이 각자 맡은 일을 향해 하나둘씩 자리를 떠나는 팀원들을 격려할 때 유장수가 다가왔다.

"팀장, 요즘 많이 바쁜 것 같아 보여."

"하핫. 그럴 일이 좀 있습니다. 근데 제게 할 말이 있습니까?"

"하하하. 그게……."

조금은 멋쩍게 웃던 유장수가 뒷짐을 졌던 손을 앞으로 내밀었다.

노란 사각 봉투.

거기에 하트 모양 안에 두 남녀가 정답게 뺨을 대고 있는 모습이 눈에 들어왔다.

남자야 대번에 유장수임을 알 수 있었지만 여자는 뽀샤시 화장을 해서 그런지 얼굴이 조금 낯설다 싶더니 자세히 살피니 곧 특수영업팀의 이미례 부장임을 알 수 있었다.

"어? 결혼 청첩장입니까? 그것도 이미례 부장님하고요?"

"허허. 어쩌다 보니 그렇게 됐네."

"우와! 이거 축하합니다!"

담용이 자신의 일처럼 기뻐하며 유장수의 손을 덥석 잡았다.

"허헛. 고, 고마우이."

"야아! 언제 이렇게 발전했습니까? 사귄 지 채 6개월도 안 된 걸로 알고 있는데요."

"정확하게는 5개월 조금 넘었지."

"하! 너무 빠른 것 아닙니까? 그것도 노인네들이 말입니다."

"이 사람아, 나이가 들었으니 진도가 빨라야 하는 거야."

'어라? 이 양반이?'

예전 같지 않게 어딘가 모르게 조금 능글능글해 보인다.

"풋! 그러고 보니 요즘 유 선생님 많이 유들유들해지셨습니다. 모두 이 부장님 영향인 것 같네요."

"그려. 상처한 지도 벌써 10년이 훌쩍 지나다 보니 생활고와 더불어 나도 모르게 많이 위축됐었지. 미례 씨가 그걸 알고 정확하게 지적하더군. 그래서 패턴을 좀 바꾸기로 했지."

"잘했습니다. 요즘의 모습이 예전보다 훨씬 좋아 보입니다."

"주책은 아니었고?"

"푸훗! 전혀요. 그리고 젊은 사람들과 부대껴서 생활하려면 조금은 푼수끼가 있는 게 낫습니다."

"뭐야? 푼수끼라니?"

"하하핫. 말이 그렇다는 겁니다. 그나저나 팀원들은 왜 조용하죠? 아침에 아무런 말도 없고……."

"그야 내가 팀장에게 처음 알리는 것이니까 그렇지."

"어쩐지…… 안경태가 이 사실을 알았다면 사무실이 떠나갈 정도로 호들갑을 떨었을 텐데 조용한 이유가 있었군요."

"내가 그럴 줄 알고 나중에 같이 저녁 식사를 할 때 주려고 했네."

"하핫. 하면 날짜가……."

담용이 급히 봉투를 열어 펴 보았다.

"추석 연휴가 있는 일요일일세. 9월17일."

"어? 추석이라뇨?"

"응. 12일이지."

"아!"

담용이 달력 앞으로 가서 한 장을 넘기니 9월 10일부터 13일까지 빨간 글씨로 표시가 되어 있었다.

2000년 9월 12일 화요일이 추석인 것이다.

"모르고 있었나 보군."

"예. 바쁘게 지내다 보니 잊고 있었네요."

정말 까맣게 잊고 있었다.

부모님의 기일도 늦가을과 초겨울에 있다 보니 신경도 쓰지 못했다.

"시간은 오후 1시네."

"하핫. 딱 배고플 시간이네요."

"뷔페일세."

마음대로 골라서 먹을 수 있는 곳이라는 얘기다.

"어? 상제리코빌딩이라면?"

"눈에 익은 곳이지?"

"그럼요. 강남 전체를 빠삭하게 알고 있는걸요. 게다가 사무실 근처인 테헤란로에 있는 곳을 모를 리가 있습니까? 근데 거기 꽤 비싼 곳으로 알고 있는데요?"

"모두 자네 덕분일세."

"예? 제 덕분이라뇨?"

"자네가 돈을 많이 나눠 준 덕분이란 말일세."

"아! 그거야 유 선생님이 노력한 덕이지 왜 저 때문입니까?"

"말이야 바른말이지, 팀원들 중에 그런 생각을 하지 않는 사람은 없다네. 설 대리만 하더라도 부친이 진 빚을 다 갚았다지 않는가?"

"어? 그래요?"

“응. 말복에 삼계탕 먹으러 갔을 때 말하더군.”

“그거 잘됐네요.”

기실 설수연은 입사할 때부터 자신이 돈을 빨리 벌어서 사업하다가 실패한 아버지가 진 빚을 갚아 편하게 해 드리고 싶다며 그녀의 속사정을 어느 정도 밝힌 바가 있었다.

그러려면 팀원들의 도움이 절실하니 많이 도와 달라고 했던 말이 지금도 기억에 선했다.

‘그렇게 많이 모았나?’

그러고 보니 그동안 꽤 모았을 수도 있겠다 싶었다.

사실 팀원들이 돈을 벌었는지에 대해서는 깊이 생각해 본 적은 없다.

다만 생활이 조금 나아졌으리라고는 짐작했다.

하지만 설수연이 아버지 빚까지 갚을 정도로 많이 벌었으리라고는 생각도 못 했다.

“사실 팀원들이 대놓고 말은 안 하지만 모두들 마음속으로는 팀장에게 고마워하고 있다네.”

“하하. 그거 듣기 좋은 말인데요?”

“진짜라니까.”

“압니다. 하지만 저 역시 고맙게 생각하고 있는걸요. 이유야 잘 아시잖습니까? 팀원들의 도움이 없었다면 그만큼 벌 수도 없었다는 걸 말입니다.”

“뭐, 그거야 팀장의 마인드 문제지. 세상에 그런 사람이

몇이나 있을까?"

"그럼, 유 선생님도 그만큼 벌었습니까?"

"암은. 한때는 딸애들을 가르치느라 전세로 쪼그라들었던 살림이었다네."

그건 알고 있었다.

딸만 셋 둔 유장수다. 그것도 모두 대학생이라 허리가 휠 정도로 학비가 들어간다는 것도.

"팀장을 만나고부터 살림이 펴지더니 얼마 전에는 내 명의로 된 집까지 한 채 장만했다네."

"오호! 경사가 겹쳤군요."

"허허허. 모두 팀장 덕분일세."

"아파트입니까?"

"아니. 지금 살고 있는 집 근처의 단독주택일세. 마침 돈도 좀 모였고 해서 적당한 단독을 찾고 있던 참이었는데 부동산 사무실에서 급매로 나온 게 있다고 해서 얼른 질러 버렸지. 허허헛."

"대지가 몇 평인데요?"

"45평 3홉일세. 팀장이 단독주택은 대지 면적이 최하 40평은 돼야 값어치가 있다고 했던 말이 기억이 나서 머뭇거릴 수가 있어야지."

"하하핫. 그래서 잽싸게 저질러 버렸군요."

"그렇지."

'잘됐구나.'

담용은 내심 진심으로 반가워했다.

슬하에 세 딸을 둔 홀아비.

상처한 지 10년도 더 넘는 홀아비가 딸 셋을 키운다는 것이 그리 쉬운 일은 아닐 것이다.

'훗! 처음 만났을 때가 생각나네.'

기실 담용 역시 입사할 때만 해도 별반 다른 처지가 아니었지만 유장수를 처음 만났을 당시의 얼굴은 삶에 많이 지쳐 있는 모습이었다.

외환 위기로 인해 정리 해고된 사람이 어디 유장수 한 사람뿐일까?

수많은 사람들이 직장을 잃고도 차마 아내에게 말은 못 하고 공원이나 혹은 한적한 장소를 찾아 하루 종일 머물다가 퇴근한답시고 집으로 돌아오는 것은 흔한 일이다.

물론 지금도 계속 이어지고 있는 사회적 현상이기도 하다.

유장수도 한때는 그런 사람들과 다를 게 없었지만, 그가 부동산 문을 두드린 것은 큰 용기를 냈다고 해도 과언은 아니었다.

금융 계통에 근무한 바가 있어서 부동산에 전혀 문외한이 아니었던 것이 도움은 됐겠지만, 사회가 바라보는 부동산 중개인의 인상은 그리 호의적인 것이 아님을 생각할 때 유장수의 경우 오로지 자식을 잘 키워 보겠다는 일념에서라는 것을 알 수 있었다.

“따님들의 반응은요?”

“환영 일색인데 막내 녀석이 조금 샐쭉해져 있네. 뭐, 그리 심한 편은 아니네.”

“질투로군요.”

“하하핫. 그렇지. 엄마가 생긴다는 것보다 아빠를 뺏긴다는 생각이 더 강한 거지.”

“대학교 1학년이면 남자 친구가 생길 테니 곧 괜찮아질 겁니다.”

“언니들의 눈총까지 받는 데다 미례 씨까지 애쓰고 있으니 그렇게 되겠지.”

“하면 독산동에서 신혼살림을 시작할 생각입니까?”

현재 ‘돌싱’인 이미례 부장이 집을 한 채 보유하고 있다는 말을 들었기에 묻는 말이다.

“미례 씨가 먼저 그러자고 하더군. 자신의 집은 세를 놓고 말일세.”

“팔지 않고요?”

“지금은 팔아 봤자 제값을 못 받는다고 그냥 두겠다던데?”

‘쯧. 부동산업을 하는 사람이…….’

사실 지금은 부동산보다 돈, 즉 현찰이 값어치가 있는 시기다.

다시 말하자면 아파트를 판 돈으로 유망지에다 땅을 사 두면 얼마 가지 않아서 떼돈을 거머쥘 수 있는 시기인 것이다.

더구나 담용이라면 투자할 만한 지역의 땅을 너무나 잘 알고 있지 않은가?

하지만 애착이 있거나 남모르는 사정이 있는 집이라면 팔지 않을 수도 있을 것 같아 그냥 넘겨 버렸다.

"아무튼 거듭 축하드립니다. 이 부장님께도 축하드린다고 대신 말씀드려 주세요."

"그러지. 별다른 일이 없다면 같이 점심이나 할까?"

"그거 좋……."

담용의 말이 채 끝나지 않았을 때 책상 위에 놓아둔 휴대폰에서 진동음이 들려왔다.

"푸헐! 전화가 온 걸 보니 이번에도 글렀군그래."

"하하핫. 잠시만요."

휴대폰의 폴더를 연 담용이 액정을 보니 한동안 보지 못한 명국성이다.

'시험이 코앞인 명 사장이 웬 일이지?'

명국성이 치르는 시험이란 다름이 아니다.

바로 초등학교 졸업인 명국성이 중학교 학력을 인정받기 위해 치르는 시험인 중졸 검정고시였다.

담용이 수신 버튼을 누르면서 강인한과 그의 똘마니들을 생각했다.

'그 녀석들도 곧 시험이지?'

이번 8월에 중졸과 고졸 검정고시가 한꺼번에 치러질 예정이라 모두들 하나라도 더 익히기 위해 밤을 낮 삼아 공부하고 있는 중이었다.

그런 이유로 근자에 들어 모든 일정을 접고 두문불출하며 꼼짝도 하지 않았다.

"육담용입니다."

—형님, 명국성입니다.

"어쩐 일이오?"

—하핫. 죄송합니다. 제게 존대를 하는 걸 보니 옆에 누가 있군요.

"용건은?"

—저…… 잠시 뵈야 할 일이 있어서요.

"중요한 일이오?"

—그게…… 멀대가 가져온 정보가 있어서요. 아니, 의뢰를 받은 게 있어서요.

"그 친군 지금 목동에 있다면서요?"

—예. 그 일도 보고할 겸 의뢰 건도 의논하기 위해서 자와 같이 왔습니다.

"거기 어디요?"

—여기 반포동입니다.

"엉? 사, 사무실?"

예전의 사무실에 와 있다면 위험할 수도 있어서 담용의 신경이 찰나 곤두섰다.

—걱정 마십시오. 몰래 잠입해 들어오기도 했지만 지금은 형님 친구분들과 같이 있으니까요.

“알았소. 곧 가겠소.”

‘헐! 이 친구 간도 크네.’

세신파 떨거지들과 야쿠자들이 눈이 벌게서 찾고 있는 판인데 간이 배 밖으로 튀어나온 것 같다.

탁!

“어떡하죠? 가 봐야 할 것 같은데요?”

“그럴 줄 알았네. 어여 가 보게. 난 미례 씨랑 먹으면 되니까.”

“미안합니다. 다음에 기회가 되면 제가 두 분께 점심을 사도록 하지요.”

“알았으니까 어서 가 보게.”

“예, 그럼.”

스르르르.

“어? 와, 왔어?”

카드를 대고 보안문을 통해 들어오는 담용을 제일 먼저 발견한 사람은 생수통에서 물을 따라 마시던 정태천이었다.

"그래. 오랜만이다."

"야! 좀 자주 오면 안 되냐? 얼굴 잊어버리겠다."

"미안. 근데 어디 가냐? 웬 무장?"

"무장은 무슨? 테이저건 하나 휴대한 걸 가지고."

"야! 그거 흉기야. 법적으로도 휴대가 금지된 거고."

"알아. 하지만 필요할지 몰라서 말이다."

"엉? 필요할지 모른다고?"

"응. 의뢰를 받았거든."

"의뢰라니? 무슨 의뢰?"

"참 나. 경호 의뢰지 뭐긴 뭐야?"

"누구……?"

담용이 더 물어보기도 전에 심종석의 목소리가 들려왔다.

"여어! 회장님이 납셨군요."

"야! 심종석! 의뢰라니? 무슨 말이냐?"

"왜? 경호 회사에서 경호 의뢰를 받는 게 뭐가 이상하다고 눈에 쌍심지를 켜고 그러냐?"

"이봐, 내 의뢰가 아직 안 끝났잖아?"

"쳇! 네가 주는 의뢰는 매일 있는 게 아니잖아? 우리도 주 업무를 해야지 마냥 놀고먹을 수는 없잖아?"

"야! 그래도 언제 일이 터질지 모르는데 대기는 하고 있어야지."

"이봐, 솔직히 애들이 좀이 쑤셔서 그래. 장기나 바둑을 두는 것도 하루 이틀이지 삭신이 녹슨다고 난리다."

"허이구. 팔팔한 놈들이 삭신은 무슨…… 의뢰가 온 곳이 어디야? 혹시 명 사장이야?"

"아니, 다른 곳이야."

"거참 궁금하게시리……."

"우선 들어와. 차나 마시면서 얘기하자고."

'젠장.'

(주)클리어 가드라는 경호 회사를 설립한 목적은 당장 필요하게 될지 모를 야쿠자들과의 전쟁을 우려해서였다.

물론 언제까지나 야쿠자들과 싸울 수 없는 일이긴 하다.

언제가 됐든 일단락이 되면 주 업무인 경호 업무를 본격적으로 할 작정이지만 지금은 경호훈련이 전혀 되어 있지 않은 상태라 나설 수가 없는 상황이었다.

특전사로서의 전투 능력과 경호원으로서의 호위 능력은 전혀 별개의 것으로 각각 전문적인 훈련이 필요한 것이다.

'애들이 돈이 필요한 것도 아닐 테고……'

돈이라면 한동안 쓸 돈 정도는 충분히 지급한 상태라 그런 경제적인 문제로 나서는 것은 아닐 터였다.

'진짜 좀이 쑤셔서 그런가?'

여수의 사건 이후 딱히 할 일을 준 것이 없었던 탓에 심심하긴 할 것이라 여겨졌다.

"아 참, 미스 민!"

"네에!"

책상에 앉아 열심히 계산기를 두드리고 있던 예쁘장한 아가씨가 대답과 동시에 칸막이 위로 얼굴을 내보였다.

"이분은 처음 뵙지?"

"네……."

심종석의 말에 담용을 바라보는 아가씨의 눈빛이 초롱초롱하다.

20대 초반의 싱싱함이 그대로 느껴진다.

"인사드려. 우리 클리어가드의 물주시다. 네 월급도 이분 주머니에서 나오는 거니까 잘 대해 드려야 한다. 하하핫."

"어머머! 늘 말씀하시던 회장님요?"

"하하. 그래."

의자를 얼른 뒤로 밀고는 쪼르르 잰걸음으로 나온 아가씨가 담용에게 꾸벅 인사를 했다.

그제야 포니테일을 한 꽁지머리가 보였다.

"처음 뵙겠습니다. 민나영이라고 합니다."

"아! 동호 그 친구의……."

일전에 동호가 자신의 여동생을 경리로 데려다 놓겠다고 하더니 그 아가씨인 것 같았다.

"네! 제가 여동생이에요. 오빠에게서 말씀 많이 들었어요."

"하하하. 아마 욕이 태반이었을 겁니다."

"호호홋. 전혀요. 꼼꼼이 오빠가 그렇게 칭찬하는 것은 처음 봤어요."

천성이 활달했던지 말투와 행동에서 그대로 드러나 보인다.

"꼼꼼이?"

"후훗, 우리 집에서는 동호 오빠를 그렇게 불러요."

"하하핫. 꼼꼼이라…… 성격대로 지었네요."

"그렇죠? 근데 회장님께서는……."

"아아. 누가 회장이란 말입니까?"

"예? 전 그렇게 알고……."

"아아, 그건 오빠하고 여기 심 본부장이 나를 놀리려고 하는 말이니 그런 호칭은 하지 마세요."

"네? 그럼 뭐라고……?"

"음…… 그냥 육 이사라고 불러요."

"야! 회장이 싫으면 사장 하면 되잖아?"

"싫다."

"됐어, 사장 해! 미스 민, 알았지?"

"네."

"그리고 사장님은 녹차만 마시니까 그렇게 타 오고."

"야! 나도 커피 마실 줄 안다고!"

"그럼 커피 마셔."

그 말을 끝으로 심종석이 회의실 문을 열고 안으로 들어갔다.

'젠장.'

"푸후후훗."

'쯧.'

두 사람의 하는 양이 재미있었던지 민나영이 입을 손으로 가리고 웃는 소리가 들려왔다.

툭툭툭.

"어서 들어가자. 애들 다 회의실에 있어."

"아, 알았어."

정태천이 밀어붙이는 것을 이기지 못한 담용이 안으로 들어섰다.

"뭐? 그, 그게 정말이야?"

심종석에게 무슨 말을 들었는지 담용이 해연히 놀라면서 재차 물었다.

"농담 아니지?"

"거참, 진짜라니까."

"하! 어찌 그런 일이……?"

"이봐. 여기 있는 우리 모두 같이 들은 얘기니 의심할 것 없어."

"의심을 하는 것이 아니라 믿기지가 않아서 그래. 여단장님이 누구에게 부탁하는 성격이 아님을 아니까 그렇지."
"그건 담용이 네 말이 맞아. 하지만 다급한 일이 생겨서 급히 연락을 해 온 거다."
"아 참! 여단장님이 우리가 경호업체를 설립했다는 것을 모를 텐데 어떻게 알고……?"
"아! 그거?"
"……?"
"저예요."
홍일점인 권지민이 손을 번쩍 들더니 이어서 말했다.
"제가 제대할 때 여단장님이 취직 자리는 마련했냐고 묻기에 솔직히 말했어요."
"끙."
합류하기도 전에 이미 사고를 친 격이라 담용이 말도 못하고 끌탕으로 심사가 편치 않음을 내비쳤다.
"야야, 그게 뭐가 중요하냐? 우리에게 할 일이 생긴 게 중요하지. 더군다나 자칫하면 사람이 다칠 수 있는 일이라는데 우리가 나서지 않으면 누가 나서겠냐?"
"엉? 사람이 다칠 수도 있다고?"
"그래. 그래서 말을 꺼내기가 어려우신지 우리에게 부탁을 한다고 하시더군."
'부탁이라…….'
모두들 제대한 지가 얼마 안 되어 사회물이 완전히 들지는 않았다.

부탁보다는 명령이라고 했어도 거침없이 대답했을 것이다.

"좋아. 어차피 엎질러진 물이니…… 근데 여단장님이 소개한 사람이라면 절대 소홀히 하지 말아야 할 사람인 건 알지?"

"물론이지."

"부탁받은 사람이 누구야?"

"야당의 권영진 국회의원."

"잉? 국회의원이라고?"

"응."

"정치인이란 말이잖아?"

"맞아. 야당의 재선 의원이야. 근데 왜 그리 기함을 하고 그래? 사람 놀라게시리……."

'제엔장…… 정치인들과 연관되지 않으려고 그렇게 애를 썼건만…….'

느닷없이 다가온 감정은 만사가 도로 아미타불이 된 기분이었다.

애초에 관련하고 싶었다면 진즉에 갈성규 의원부터 단죄를 해 버렸을 것이다.

이유는 도해합명회사에 침입했을 때 혼토와 함께 찍은 사진의 인물이 갈성규 의원이었다는 점과 또 갈성규 의원이 혼토의 청탁으로 검찰청 특수부 부장검사인 한영기를 시켜 강인한을 추적하고 있음을 알았기 때문이다.

이는 모두 홍수광의 정보망 팀에서 밝혀낸 정보였고 또 담용은 갈성규 의원쯤은 단죄할 능력을 충분히 지니고 있다는 것도 이유다.

결코 과신하는 것이 아니다.

한데 정치인들은 정말 건드리기가 껄끄러운 존재다.

기억의 저편을 돌아보면 정치인들치고 동료가 죄가 있건 없건 무조건 감싸고도는 것이 전통이 되어 있는 데다 그 일로 인해 정치 일정을 마비시키는 사태도 불사하면서까지 동료를 보호하는 통에 아예 건드리지 않는 것이 낫다.

다시 말해 무서워서 피하는 것이 아니라 추접한 인간들이라서 피해 버리는 것이다.

근본적인 이유야 빤한 것이, 다름 아닌 그 피해가 고스란히 국민에게 전가되기 때문이다.

국회의원들은 동료의 피해 앞에서 국민이란 존재는 아예 눈에 보이지도 않는다.

당연히 상정된 법안들이 눈에 찰 리가 있겠는가?

'니미럴…….'

생각을 씹고 곱씹을수록 기분이 다운되는 것은 어쩔 수 없었다.

하지만 거절할 수도 없는 것은 다른 누구도 아닌 전호철 여단장이 특별히 부탁했다지 않은가?

더구나 (주)클리어가드의 실질적인 주인이 담용 자신이다 보니 피할 수도 없었다.

이건 기억의 저편에서도 없었던 일이라 예측이 가능한 것도 아니었다.

고로 일단 내용을 끝까지 들을 필요가 있었다.

"야! 인상이 왜 그래? 듣고 있긴 한 거야?"

"쯧! 정치인이 끼어 있다고 하니 기분이 별로라서 그래."

"정치인이 뭐 어때서? 우리는 우리가 할 일만 해 주고 돈만 받으면 되지."

"그 바닥이 엄청 지저분하니까 그렇지. 오죽하면 세간에서 가장 더러운 직업이라고 부를까."

"푸헐! 정치에 입문도 안 해 본 네가 할 말은 아닌 것 같다만……."

"이봐, 심종석! 나도 그게 그렇게 간단한 문제가 아니라서 하는 말이라구."

"나도 알아. 얽히게 되면 골치 아파진다는 것쯤은……."

"그걸 알면서……."

담용은 말을 꺼내 놓고서야 아차 했다.

부탁한 사람이 전호철 여단장이라는 것을 깜빡한 것이다.

그래서 얼른 말을 바꿨다.

"그거 아냐?"

"응? 뭘?"

"우리가 개입하게 되면 상대 쪽도 그만한 스펙을 가진 놈들을 동원하게 된다는 걸 말이다."
"그야 당연하잖아?"
'지랄…….'
그렇게 간단히 대답할 문제가 아닌데도 쉽게도 대답한다.
한데 척 봐도 녀석들의 표정에 긴장감조차 보이지 않는다.
곧바로 출동해야 함에도 말이다.
'내가 오길 잘했군.'
하나 이미 군문을 떠난 몸.
군기가 빠졌다고 뭐라고 할 수도 없는 일이다.
'그래도 특전사 근성이 어디 가는 건 아니니까.'
더구나 얼마 전에 제대 후 빠져나갔던 군기를 훈련을 통해 채워 놓지 않았던가.
그 덕분에 현역 시절의 감각을 대부분 회복했다고 해도 무방했다.
다만 경호 업무에 대해 전문적인 교육을 받은 적이 없다는 점이 마음에 걸렸다.
담용의 시선이 옆에서 눈만 멀뚱멀뚱하게 뜨고 꿔다 놓은 보릿자루처럼 앉아 있는 명국성과 멀대를 쳐다보았다.
눈이 마주치자 어색하게 웃어 보이는 두 사람에게 담용이 고개를 끄떡여 주었다.
'주객이 전도됐군.'
명국성이 보자고 해서 오긴 했지만 그 일은 곁다리가 되었고 오히려 대원들의 일이 더 중요해져 버렸다.

"경호 업무가 많이 다르다는 건 알지?"

"아! 그래서 대통령 경호 작전을 수행할 때 받았던 훈련을 적용하려고 해."

심종석이 말하는 대통령 경호 작전이란 불시의 상황 발생을 염두에 두고 수시로 하는 훈련이며 주로 대통령의 지방 순회 시에 수행하는 작전이다.

하지만 군 작전상 보호자를 밀착 경호하는 것과는 거리가 멀었다.

"그거…… 너무 광범위하잖아? 이건 밀착해서 경호해야 하는 거라고."

"알아. 그걸 최대한 좁히는 거지. 그리고 대테러 진압 훈련과 충정 훈련 때 습득한 기술을 접목하려고 해."

대테러 진압 훈련은 유사 시 저격수 역할과 상황 발생 시 즉각적인 조치 사격 및 테러 진압 훈련 등으로 짜였고, 충정 훈련은 국가 비상사태 시 시위군을 진압하는 훈련이다.

"헐! 손발도 안 맞춰 본 상태에서 그게 가능하다고 보냐?"

"이거 왜 이래? 너야 전번 훈련에 빠졌지만 우린 손을 몇 번이나 맞춰 봤다고."

"어? 그래?"

"그럼. 그러니 너무 걱정하지 않아도 돼."

"그렇다면야……."

심종석이 그렇다면 그런 것이다. 그렇다고 물을 말이 없는 것은 아니다.

"여단장님이 권영진 의원과 무슨 사이래?"

"친구."

"뭐? 치, 친구?"

"응. 그것도 고등학교 때의 친구."

"아! 그, 그래?"

단순히 아는 사이가 아닌 친구라면 얘기는 또 달라진다. 신경을 써도 많이 써야 할 것 같았다.

"그래. 여단장님이야 육사로 갔지만 권의원은 서울대 출신이더군. 그것도 법대."

"변호사 출신인가?"

"아니, 판사."

"하긴 그런 재원이 변호사로 바로 빠졌을 리가 없지."

변호사는 기본으로 하는 것이다.

대부분은 사법연수원 성적순으로 판사, 검사, 변호사를 지망하지만 성적 우수자가 판사를 선호하는 것은 사법 계열에서 가장 힘이 있는 자리이기 때문이다.

다른 이유가 더 있다면 판사는 사법부 수장(대법원장)의 바로 밑에 있기 때문이기도 하다.

반면에 검사는 사법연수원을 나왔지만 행정부 소속이라 사법부와는 부서 자체가 달랐다.

"판사로 재직하다가 옷을 벗고 법무법인의 변호사로 일하다가 공천을 받은 케이스지. 이번이 재선이고."

"흠. 지역구는?"

"영등포갑 지역."

"영등포갑 지역이면 어디지?"

"영등포동과 문래동 인근이라더군."

"그거 잘됐네. 지역구가 국회의사당과 지척이라 움직이는 동선이 짧을 테니 말이다."

"그래. 그런 점에서는 유리하지."

"그리고 여차하면 명 사장 식구들의 도움을 받아도 되고……."

"그렇지 않아도 그 생각을 했어. 하지만 지금은 모두 공부하느라 바쁘니 건드리지 않으려고 해."

"그래. 검정고시 시험이 얼마 남지 않았으니 가급적이면 건드리지 마라. 근데 권 의원이 여단장님에게 경호를 부탁한 이유가 뭐야?"

"협박 때문이지."

"응? 협박? 국회의원을?"

"자세히는 듣지 못했지만 그렇다더군."

"누, 누구래?"

"그걸 아직 모르고 있더라고."

"하면 협박의 강도는 어느 정도야?"

"5년차 경력의 보좌관이 기습을 받아 중상을 입고 병원에 입원했다더군."

"중상을 입었다는 건 분명 작지 않은 일이긴 해. 하지만 그 한 번의 기습으로 비용이 많이 들어가는 경호를 부탁하기에는 좀 그렇지 않나?"

"한 번이 아니니까 그렇지."

"어? 또 있었어?"

"그동안 보좌관이나 직원들이 정체 모를 자들에게 소소한 협박을 받은 일들이 많았다더군. 그러다가 이번 일이 터진 거지."

"이유가 뭐래?"

"권 의원은 알고 있는 눈치던데 말을 아끼는 것 같더라."

'흠. 뭐든 확실해지기 전에는 함부로 입을 열기는 어렵겠지.'

심정은 가는데 증거가 없다는 얘기야 흔하고도 진부한 스토리지만 이것이 또 매력이 있는 것은 확실한 물증이 나타나지 않는 한은 범인이나 사주한 자나 안전하다는 것이다.

그 상대가 불체포 특권이 있는 국회의원이라면 더더욱.

즉 물증이 나타나더라도 버티다 보면 물 타기 수법이 나오고 또 상대 당의 국회의원 중 그동안 사안을 슬쩍 미뤄 왔던 의원을 타깃으로 삼아 이슈를 일으켜 국민들의 눈과 귀를 쏠리게 함으로써 협상 카드를 만드는 것이야 어제 오늘의 일도 아닌 것이다.

그런 연유로 권영진 의원도 조심스러워하는 것이리라.

또 한 가지 가정할 수 있는 것은 적어도 권영진 의원보다 파워가 센 사람, 혹은 세력이 억누르고 있다고 봐야 한다는 점이다.

고래로 법이란 것이 힘없는 민초들을 억누르고 옥죄이고자 만들어진 도구에 불과한 것임은 만고의 불변인 것이다.

하지만 가정은 어디까지나 가정일 뿐.

조금은 더 두고 판단해 볼 일이다.

"좋아. 우선은 경호에 만전을 기해야겠는데…… 작전은 세웠어?"

"일단 근접 경호는 격투기에 능한 은철이랑 태천이를 배치할 생각이고 한발 떨어져서는 형일이와 대훈이를 배치할 생각이야. 그리고 나와 만희, 영길이는 권의원의 동선을 체크하면서 움직일 작정이고."

"나머지는?"

민동호와 김석원 그리고 권지민이 남았다.

"기간을 모르니 사무실을 지키면서 피곤한 사람부터 교대해야겠지."

"흠. 좋긴 한데……."

담용의 시선이 김석원에게로 향하더니 재차 입을 열었다.

"석원아, 네가 영길이 자리로 가 줘."

"그러지 뭐."

순순하게 대답하는 이유는 그만큼 담용을 알기 때문이다.

"영길이 넌 그림자 노릇을 해 줘야겠다."

"엉? 그림자라면…… 저격수 노릇을 하라고?"

"응. 네 주특기잖아."

"야야. 주특기면 뭐해? 총도 없는데……."

"하 중사에게 전화해 봐. 거기에 걸맞은 무기를 줄지도 모르니까."

"하 중사?"

"그래. 만약에 마땅한 무기가 없다면 만들어야 하니 며칠 걸릴지도 몰라. 같이 있으면서 일을 도와줘."

"하하핫. 휴가네."

박영길의 잠시 찌그러졌던 얼굴이 나팔꽃처럼 활짝 펴졌다.

'흐흐흐. 오랜만에 동건이와 술 한잔 꺾어야겠군.'

"그리고 권 중사도 수고 좀 해줘야겠다."

"말씀하세요. 남자들 접대하는 것만 빼고 뭐든 할 테니까요."

"허이구. 나 태천이에게 맞아 죽기 싫은 사람이거든."

"호호홋. 웬 엄살이에요."

담용에게 곱게 눈을 흘긴 권지민이 다시 물었다.

"제 임무는 뭐죠?"

"이런 유의 문제가 생기면 십중팔구 내부에서부터 문제가 생겼을 수도 있으니 여직원으로 취직해서 직원들의 동태를 살펴봐 줘.”

“그런 일이라면 제가 전문이지요. 맡겨 주세요.”

탁!

“댕큐!”

손가락을 튕기며 고마움을 표한 담용이 심종석에게 말했다.

“종석이는 권 의원에게 말해서 직원들이 모르게 권중사를 채용하도록 협조해 달라고 해.”

“그러지. 뭣하면 병원에 있는 보좌관을 대신해서 임시로 채용했다고 하면 되니 그리 어렵지 않을 거야.”

“좋아. 대충 준비됐으면 가 봐. 내가 필요하면 언제든지 부르고.”

“알았어.”

“강남의 사채업자들이 뭉쳤다고 했나?”

“예. 틀림없는 정보랍니다.”

“…….”

멀대의 확신에 찬 목소리에도 담용은 반응하지 않고 턱을 고이고 잠시 생각에 잠겼다.

‘야쿠자들이 강남에도 손을 뻗친 건가?’

듣자마자 문득 드는 생각이다.

그도 그럴 것이 강북이 모두 털렸다면 강남으로 진출할 수도 있음이다.

섣부른 생각일지는 모르나 간과해서는 안 될 일이긴 했다.

"왜 뭉쳤대?"

"돈놀이를 한답니다."

"사채업자들이 돈놀이하는 것이야 직업이고 또 새삼스러운 일도 아니잖아?"

"성질이 다르답니다. 춘식이라고…… 고향 친구 놈인데 사채업자 사무실에서 일합니다. 얼마 전부터 자기 전주가 다른 전주들하고 자주 모임을 갖는 눈치였는데 한번은 자기 전주가 사무실에 뭘 놓고 왔다며 가져다 달라고 해서 모임에 심부름을 가게 됐답니다."

"흠. 그래서?"

"무려 열두 명이 모여 있더랍니다. 당시는 몰랐는데 시간이 지나다 보니 그때의 일을 계기로 자주 심부름을 하게 됐는데 각자 돈을 추렴하는 회의를 하더랍니다."

"그 돈으로 뭘 하려고?"

"투자요."

"뭐? 투자?"

"예."

'이거 구미가 당기는걸.'

사채업자가 투자하는 것이야 흔한 일이지만 12명이 모였다면 대규모 금액을 투자하는 사업일 것이 틀림없어 구미가 살짝 동하는 담용이다.

"어디에 투자한대?"

"거기까지는 모른답니다."

"하면?"

담용의 눈빛이 강렬해졌다.

뭘 어찌해 달란 소리냐고 묻는 눈빛이다.

"돈이 집결되는 장소를 알고 있다고 합니다."

이건 척 들어도 강탈해서 나눠 갖자는 소리다.

'호오!'

야쿠자들과 싸움을 하는 와중에서 이미 강탈에 이골이 난 담용이라 조금 더 마음이 움직였다.

더구나 사채업자들이라면 강탈한다고 해도 별로 죄책감이 들지 않을 것 같았다.

그런 만큼 훔쳐도 마음이 편한 돈이라는 뜻이다.

"흠. 그렇단 말이지."

"예. 단지 언제 돈이 모이는지 날짜를 아직 알 수가 없답니다."

"알 수는 있고?"

"그럼요. 전주가 춘식이를 믿고 전적으로 심부름을 시키고 있다 하니 아는 건 식은 죽 먹기랍니다."

"대충 얼마래?"

"그건 아직……."

"그것도 알아보라고 해. 차량을 준비하려면 액수를 알아야 하니까."

"알겠습니다."

"그리고……."

"……?"

"그 친구란 사람 말이야."

"믿을 수 있는 친굽니다."

"아니. 그 말을 하려는 것이 아니고…… 얼마의 배당을 요구해?"

"아! 자기 처지를 아는 친굽니다. 10%만 달라고 했습니다."

정보를 제공하고 10%의 배당이면 욕심을 접었다고 해도 무방했다.

"좋아. 10%를 주기로 하지. 대신 일이 끝나면 멀대 네가 책임지고 데리고 다녀라. 아니면 숨겨 놓든지."

"아, 알겠습니다."

멀대가 담용의 말을 완전히 이해했는지 입매가 꽉 조여졌다.

이 말의 의미는 친구 춘식이 후폭풍을 견디지 못할 것이라는 얘기다. 그도 아니면 배신을 염려하는 것이리라.

인간의 욕심이란 잉태하는 순간 죄 지을 거리를 기획하고 계획한다.

즉 욕심은 잉태되어 있는 동안 잉태되어 있는지를 잘 모른다. 그러다가 죄를 출산하는 것처럼 춘식의 배신을 완전히 배제하지 못하는 것이다.

"세구파도 빼. 전혀 다른 인물들을 동원할 것이라고 적당히 둘러대라구."

"아! 예. 알겠습니다."

척 하면 착이다.

설사 춘식이 배신한다고 해도 멀대 역시 모르는 사람들이 범행을 저지를 것이라고 말하면 된다.

단 이때 배당을 확실히 해 주는 것이 전제가 돼야 한다.

"빼는 척하지 말고 아예 완전히 빼란 말이다."

"알겠습니다. 저흰 코빼기도 보이지 않도록 하겠습니다."

멀대는 곧 담용 혼자 움직일 것이라는 걸 알고는 흔쾌히 대답했다.

"여기까지. 명 사장."

"예, 형님."

"공부는 잘돼?"

"하고는 있습니다만…… 대갈빡이 썩어서인지 도통 머리에 안 들어오네요."

"장가갈 거지?"

"그럼요."

“그렇다면 더 열심히 해. 자식에게 아버지가 무식하다는 소리 듣지 않으려면 말이야.”

“아, 알겠습니다.”

BINDER BOOK

캠코의 입찰장에서

오후 2시의 한국자산관리공사Kamco.

강남역에서 한남대교 방면의 강남대로에 접해 있는 캠코는 그 입구에서부터 번잡하기 이를 데 없었다.

외환 위기의 대한민국에 바쁘지 않은 곳이 어디 있겠냐만 그래도 그중 가장 붐비는 장소라고 해도 과언이 아닌 부처는 단연 캠코 즉 한국자산관리공사라고 할 수 있었다.

그 이유는 다름이 아닌 봇물처럼 쏟아져 나오는 다양한 종류의 경매 물건에 있었다.

건물은 물론 토지, 임야, 공장, 위락 시설, 심지어는 저수지까지 경매에 올라오고 있는 실정이었다.

최근 들어 옥션이라는 용어가 일반화될 정도로 캠코 혹은 법원에서 행하는 경매 부서에서도 흔히 통용되는 단어가 되어 버렸다.

이는 대화를 할 때 영어를 섞어서 사용하면 어딘가 모르게 어깨가 으쓱해지고 유식해 보인다는 이미지와 무관하지 않았다.

다소 유치한 패턴의 유행이었지만 IMF하의 코리아는 그런 측면이 많았다.

그래서인지 IMF라는 터널을 지나고 있는 시기인 요즘 각 분야에서 영어의 홍수가 이루어지고 있는 중이었다.

빚을 지더라도 중형 승용차를 타야 했고, 소위 명품이라 불리는 양복에다 서류 가방 그리고 비록 짝퉁일지언정 금딱지 시계 정도는 차고 손님을 맞아야만 일이 성사되는 조건이 되어 버린 세태다.

고급이 고급을 낳고, 돈이 돈을 벌게 하고, 걸쳐 입은 입성대로 고객이 꼬이는 풍조가 만연해진 것이다.

거기에 금상첨화 격으로 입에서 영어가 술술 흘러나온다면 상대의 신뢰는 급격히 상승하는 완벽한 조합이 된다.

고로 외투사들이 경매 물건 외에 가격이 폭락할 대로 폭락해 버린 부동산을 찾을 때 시류에 맞춰 적극적으로 행동하는 이들을 선호해 의뢰를 하는 일이 잦았다.

국내의 고객이 씨가 마른 상태이다 보니 외투사 혹은 국내로 들어온 외국인들이 중요한 고객이 될 수밖에 없었고, 그들을 상대로 영업을 하자니 자연히 콩글리시가 난무하는 요즘이다.

이런 경향들이 순기능인지 역기능인지 아무도 점치지 못했고 예측하지도 못했다.

담용이 기억하기로도 그랬다.

즉 대화 도중에 영어가 반 정도 섞이지 않으면 서로 이야기가 안 될 정도로 오용이 심했다 점이다.

이런 분위기가 조성된 것은 당연하게도 IMF가 그 원인으로, 외투사들의 대거 입국에 이어 덩달아 외국인들의 유입이 많아진 탓이었다.

거기에 기름을 부은 것은 외국 유학파들 또는 외투사에 고용된 재미교포 3세들이 대거 가세한 것도 한몫했다.

다시 말해서 경매 물건의 대다수가 외투사들에게 매입되고 대부분 영어권 유학파들이 업무에 연관되다 보니 영어를 못하면 대화가 되지 않는다는 분위기가 팽배해져 버린 것이다.

고로 IMF 시기에 영어를 못하면 그만큼 돈을 벌 기회조차 얻지 못한다는 의식 역시 팽배해져 있는 것이다.

멀리 갈 것도 없이 지금만 해도 그렇다.

홀로 들어선 뒤 엘리베이터로 향하는 담용의 귀로 한국말과 영어가 뒤섞인 대화가 들려왔다.

"어이! 김 사장, 오늘 B대시 포four의 옥션 위닝비드(낙찰가)가 어떻게 될 것 같아?"

"글쎄. 메이 비May be…… 세븐 정도?"

"70억이라…… 새임 위더 미. 더 프라이스 억셉?"

"렛 미 싱크. 일단 돌아가는 시추에이션을 보는 게 먼저지."

"굿! 그게 순서지."

당연하다는 듯 아무런 거리낌도 없이 큰 소리로 대화하는 중년의 두 사람이 당당한 걸음으로 담용을 스쳐 지나갔다.

'풋!'

전형적인 콩글리시였지만 뜻은 외국인이라도 충분히 알아들 수 있는 대화였다.

특히 저런 중년인들은 대화의 맥만 짚어서 대화를 하는 경향이 짙었다.

굳이 문장의 틀을 고집할 필요 없이 핵심만 가지고도 얼마든지 외국인과 대화를 할 수 있다는 것이다.

'훗! 그래도 순기능이 없지는 않지.'

물론 담용 개인의 생각이다.

그렇게 생각하는 이유는 부동산 거래에 있어 전문 용어들이 무더기로 양산되고 통용이 됐다는 점이었다.

이를테면 커머셜, 레지덴셜, 렌탈하우스, LOI(의향서), MOU(양해 각서), exclusive contract(전속 계약서), escrow(조건부 증서) 등이다.

물론 이외에도 수많은 부동산 전문 용어들이 받아들여져 외국인들과 원활하게 소통이 되고 있는 점은 순기능이라 할 수 있었다.

그리고 M&A(기업 합병)가 본격적으로 거론되기 시작한 것도 이 시기로 IMF의 영향이 컸다고 하겠다.

두 중년인의 뒤를 따라 막 엘리베이터를 타려던 담용의 귀로 낯익은 음성이 들려왔다.

"여어! 이게 누구야?"

"……?"

목소리가 들려온 쪽으로 고개를 돌리는 담용의 시선에 능글능글한 웃음을 입가에 머금은 신경섭의 얼굴이 들어왔다.

그리고 신경섭의 뒤로 박신우가 따르고 있는 것이 보였고, 그 옆에 백인 코쟁이가 함께하고 있었다.

"육담용, 오랜만이군그래."

"어, 그래. 신경섭, 너도 오랜만이다. 잘 지냈냐?"

'씨불넘이?'

자신이 내뱉은 말은 생각지도 않고 담용이 대뜸 반말 짓거리를 해 오는 것에 기분이 상한 신경섭이 속으로 욕을 해 대며 미간을 잔뜩 찌푸렸다.

당연히 격한 반응을 보이려는 기색이 완연했지만 박신우가 앞으로 나섬으로써 기세가 죽어 버렸다.

"오랜만이군."

"예. 잘 지냈습니까?"

"나야 잘 지냈지."

"그래서 그런지 박 이사님은 신경섭이와는 다르게 얼굴이 좋아 보이는군요."

"뭐, 뭐야? 이 자식이……?"

"이런! 난 네 표정이 별로인 것 같아서 솔직히 말한 건데 기분이 상했다면 미안하다."

"빌어먹을 놈이!"

"아아. 오랜만에 만나서 왜 그래?"

박신우가 한 대 칠 것 같은 폼을 잡는 신경섭의 팔을 끌어 당기더니 담용에게 말했다.

"여긴 어쩐 일인가?"

"볼일이 있어서요."

"케이알에이KRA에서도 의뢰를 받았냐?"

이 말은 케이에이알유KARU에서는 의뢰를 받았거나 아니면 회사 자체에서 경매에 참여하기 위해 나섰다는 소리다.

하기야 자금이 풍부한 미국부동산연합 회사이니 자체 참여가 가능할 것이다.

"아뇨. 저희야 그럴 여력이 안 된다는 걸 아시잖습니까? 그냥 아는 사람을 따라서 와 본 겁니다. 공부도 할 겸 해서요."

"견문을 넓힌다는 건 좋은 일이지. 경섭이 너도 좀 배워라."

"쳇! 배울 게 없어서 현장에 와서 빌빌거리는 걸 배워요? 이렇게 직접 클라이언트(고객)를 데리고 다니는 게 생생한 공부지."

"짜식. 말이야 맞다만 그렇지 못한 상대도 배려해야 하는 거야."

"흥! 이건 배려보다는 능력의 문제라고요. 능력이 없으며 사라져야지 왜 여기서 얼쩡거리는지 모르겠네. 쪽 팔리게."

삼촌과 조카가 아니랄까 봐 비꼬는 것도 죽이 척척 맞아 들어간다.

그 나물에 그 밥이다.

저런 성격은 나락의 끝에 서 보지 않고는 죽을 때까지 고치지 못하는 습성이다.

그러니 태어날 때부터 금 수저를 물고 세상에 나온 사람들은 오죽할까?

물론 모두가 그렇다는 건 아니다.

띵―.

담용이 타려고 했던 엘리베이터가 내려왔다는 신호를 보내왔다.

"헤이! 미스터 폴린, 들어갑시다."

"오케이."

신경섭이 키가 멀대같은 외국인을 데리고 엘리베이터에 먼저 올라타는 걸 본 박신우가 따라 올라타며 말했다.

"우린 들어가 봐야 하니 볼일 보고 가라."

"예. 박 이사님도 수고하세요."

비위가 약간 상해 버린 담용도 그 말을 끝으로 다른 엘리베이터 쪽으로 향했다.

"어? 육 팀장님."

'엉? 이 목소린…….'

김성택의 음성이라 여긴 담용이 재빨리 돌아섰다.

"아! 김 과장님."

그러다가 옆에 선 주경연 회장을 본 담용이 얼른 인사를 했다.

"주 회장님 나오셨습니까?"

"그래. 자네도 늦지 않았군그래."

"하하핫. 놈들을 골탕 먹이는 날인데 게으름을 피울 수야 없지요."

"난 암만 해도 불만일세."

"에이, 또 그러시네. 주 회장님, 잠시만요."

툭.

"잠시 얘기 좀 하죠."

담용이 김성택의 어깨를 슬쩍 건드리더니 팔을 잡아당겨 기둥이 있는 구석진 곳으로 끌고 갔다.

"혹시…… 왔었어요?"

"육 팀장님은 족집게 도삽니까?"

"예?"

"예상한 대로 제게 접근해 왔다는 말이지 뭐겠습니까?"

"오오! 구웃! 작전대로 된 겁니까?"

"에혀. 시키는 대로 하긴 했는데……."

퍽퍽퍽.

"여기가 꽉 막힌 기분이라 그런지 속이 더부룩합니다."

자신의 가슴을 쳐 대며 불쾌했던 기억을 지우려고 애쓰는 김성택이다.

"애국하는 일이니 그러려니 하세요. 잠시 들어 볼 수 있을까요?"

"그거야 어렵지 않죠. 어떻게 됐느냐 하면……."

김성택이 어제저녁에 있었던 일을 얘기하기 시작했다.

어제저녁 오후 7시 경.

김성택이 자신의 차량을 몰고 수지에 있는 아파트 주차장에다 파킹을 하고는 집으로 향할 때 누군가 자신을 부르는 목소리가 들려왔다.

"김성택 과장님, 잠시만요!"

"……!"

'쯧! 어째 조용하다 했어.'

그냥 조용히 넘어가나 싶어 다행이라고 여겼던 김성택이 언짢은 표정을 애써 숨기고는 몸을 돌렸다.

한데 김성택의 눈에 기대했던 외국인이 아니라 동양인 사내가 접근해 오고 있는 것이 아닌가?

무슨 일인가 싶었던 김성택의 표정에 의혹의 기색이 서렸다.

"누구신지……?"

"아, 예. 전 파이낸싱 스타의 에이전트인 김수국이라고 합니다. 여기 명함……."

"파이낸싱 스타라면…… 유즘 유명세를 떨치고 있는 외국 투자 회사를 말하는 겁니까?"

"하하핫. 예, 맞습니다."

조금은 허망한 웃음을 날리는 사내의 태도에 김성택은 속으로 '왔구나' 하는 마음이었다.

내심으로 신색을 바로 한 김성택은 의혹이 어린 눈빛을 지우지 않은 채 물었다.

"거기서 저를 왜……?"

시치미를 뚝 뗀 음색까지 가미한 김성택이다.

"아, 예. 그야…… 김 과장님을 부자로 만들어 드리려고 왔지요."

"예? 부자라니? 저를요?"

"그럼요. 다만 제 부탁 하나를 들어주시면……."

김수국이라고 밝힌 사내가 주변을 살펴보더니 곧 말소리를 한껏 죽여 속삭이듯 말했다.

"센추리홀딩스에서 내일 있을 HJ빌딩 경매에 참여하실 거지요?"

"그걸 왜 내게 물어봅니까? 원, 별 사람 다 보겠네. 일없으니 가 보십시오."

그렇게 말하고는 기분이 나쁘다는 듯 홱 돌아서는 김성택의 귀로 놀라운 말이 들려왔다.

"1억 드리지요."

"……!"

우뚝.

'헛! 이, 일억!'

걸음을 멈춘 순간 김성택의 뇌리는 벼락에 얻어맞은 충격으로 하얘져 버렸다.

'뭐, 뭐야? 뭐가 이리 세!'

설사 접근해 온다고 해도 기껏해야 한 장을 예상한 바였다.

그러니까 천만 원 정도의 정보비일 것이라고 여겼던 김성택이었으니 심장이 벌렁거리지 않을 수가 없었다.

돈질이 메가톤 급이니 당연한 반응이다.

'하이고! 심장이야.'

농담이라면 때려죽이고 말겠다는 기세로 몸을 홱 돌렸다.

"이봐요, 지금 누굴 놀리는 거요?"

"아아. 놀리다니요? 절대 그렇지 않습니다. 전 지금 심각하고도 진지하게 제의하는 겁니다. 특명을 받고 왔거든요."

"……!"

두 손까지 앞에 모은 채 진지한 표정을 짓는 김수국의 태도에 김성택이 자신의 집이 있는 층을 일별하고는 걸음을 뗐다.

"여긴 얘기하기가 적당하지 않으니 저쪽으로 갑시다."

"아, 예."

잠시 후, 덩굴나무가 무성하게 우거진 아파트 주민들의 쉼터로 온 김성택이 물었다.

"다시 한 번 말해 주겠소?"

"입찰가를 알려 주시면 일억을 드리겠다고 했습니다."

"헐! 진정으로 하는 말이오?"

"그렇지 않다면 제가 왜 이곳에서 기다렸겠습니까?"

'씨파, 미리 예견을 하고 마음의 준비를 하고 있었으니 망정이지…… 갈등 때릴 뻔했네.'

단숨에 내지르는 액수가 장난이 아니다 보니 솔직한 마음이기도 했다.

자신의 연봉을 한 푼도 쓰지 않고 3년 넘게 꼬박 모아야만 거머쥘 수 있는 거액이다.

이는 김성택뿐만 아니라 그 누구라도 양심에서 자유롭지 못할 것이다.

김성택은 당장 대답을 하기보다는 일부러 갈등을 하는 표정을 내보이며 주변을 서성거렸다.

그러다가 문득 김수국이 아무것도 지니고 오지 않았다는 것에 마음이 쏠렸다.

이왕이면 육 팀장 말대로 대가는 톡톡히 받아 낼 생각이었다.

1억이라면 1만 원 권 100장 뭉치로 100개다. 못해도 사과 박스를 채울 만한 양인 것이다.

그런데 그 어디에도 현찰이 없다.

'뭐야? 수표를 주려고?'

그건 어림도 없는 소리다.

부정한 일일수록 꼬투리를 남기는 일만큼 어리석은 일은 없다.

자연 김성택의 표정에 못마땅한 기색이 역력하게 드러났다.

이를 눈치챘는지 김수국이 얼른 나섰다.

"제 차에 돈이 실려 있습니다. 딜을 원하시기만 하면 그 돈은 김 과장님의 것이 됩니다."

"내 말을 어찌 믿고 거래를 하려는 것이오?"

"1억은 결코 적은 돈이 아니지요. 만약 거짓을 말했을 때는 신상이 이롭지 못할 것입니다."

"뭐요? 지금 협박을 하는 거요?"

"아아, 천만에요. 서로 신사답게 거래하자는 거지요."

'흥. 부정한 거래에 신사는 무슨……?'

내심이야 그랬지만 거짓을 말했을 때는 결코 좋지 못할 것이라는 것을 알았다.

그러나 받아먹고도 협박을 당할 수가 있어 물었다.

"내 약점이 될 수도 있소만……."

"훗! 심정은 이해합니다만, 파이낸싱 스타가 여태껏 매수한 자를 협박했다면 이미 소문이 나고도 남았을 겁니다. 그리고 무엇보다 파이낸싱 스타가 굴지의 부자라는 것이지요."

그 말은 1억이란 푼돈에 연연하면서 치사하게 굴지 않는다는 뜻이다.

"내가 정확한 입찰가를 말했음에도 불구하고 낙찰을 받지 못하면 어떡하오?"

"그런 경우에도 책임을 묻지 않습니다. 사실 센추리홀딩스만 매수하고 있는 건 아니니까요."

그렇게 되면 책임의 소재도 희석되기 마련이다.

김성택은 이 정도면 비록 이쪽에서 기획한 것이라고 해도 할 바는 다 했다고 여겨 이쯤에서 결정했다.

"좋소! 그쪽의 딜에 응하겠소."

"하하핫. 잘 생각하셨소. 그쪽의 자료를 주시지요."

"자료라니? 그냥 입찰가만 말해 주면 되는 것 아니오?"

그냥 해 보는 소리지만 어림도 없는 말임을 모르지 않았다.

"왜 이러십니까? 선수끼리……."

역시나 대놓고 말하지는 않았지만, 말인즉 센추리홀딩스에서 환산한 방식의 금액을 기초로 정해진 입찰가라야만 믿겠다는 소리다.

다시 말해서 입찰가가 나오게 된 스토리의 사본을 달라는 것이다.

거짓말이 낄 여지도 없는 치밀함이 엿보이는 수작이다.

'하! 귀신 같은 육 팀장…….'

이럴 줄을 어찌 알고 준비해 놓고 있으라고 했는지 귀신이 곡할 노릇이다.

모두가 기억의 저편에서 있었던 일들임을 알 턱이 없는 김성택이 서류 가방을 열어 사본을 건네주었다.

"후후훗. 가시죠."

소기의 목적을 달성한 김수국이 김성택을 자신의 차량으로 안내했다.

그렇게 김성택의 지난밤에 있었던 얘기가 모두 끝났다.

"우와! 일억! 대단한 금액이네요."

"쩝! 제가 지니기에는 너무 큰돈이라 아침에 회장님께 드렸습니다."

"체구는 작아도 배포는 크신 분이니 기대하셔도 좋을 겁니다."

"하하핫. 별 기대는 하지 않습니다."

"별도의 사람들이 노리고 있다고도 전했지요?"

"물론입니다. 서비스 차원으로 말해 줬지요."

"아무튼 수고하셨고요. 오늘도 수고를 좀 해 주셔야겠습니다."

"제가 할 일인데 수고라니요."

"에구. 영감님을 너무 오래 기다리게 했네요."

"아차! 빨리 가죠."

입찰장으로 택해진 대회의실, 즉 컨퍼런스룸은 꽉 들어찬 사람들로 인해 시끌벅적했다.

'우후! 많이도 왔네.'

기억의 저편에서는 이런 열기를 접한 경험이 없었던 터라 의외의 뜨거운 반응이 생경한 담용이다.

'쯧. 특별 대우는 여전하군.'

입찰장의 맨 앞자리를 쳐다보던 담용의 입매가 약간 일그러졌다.

여느 때와 다름없이 외투사들은 언제나 지정석으로 정해진 앞자리에 위치해 특별 대우를 받았다.

'호오! 투자사들이 더 늘어났는걸.'

스윽.

호기심이 발동한 담용이 경매 시작 전의 어수선한 틈을 타서 무대 앞으로 걸어갔다.

이어 스스럼없이 사열을 하듯 전면을 지나치면서 곁눈으로 살폈다.

담용의 눈에 독립된 부스까지는 아니더라도 서로 격리시

켜 놓은 칸막이에 부착된 외투사들의 명칭이 들어왔다.

대한민국이 IMF를 맞아 가장 많이 듣고 있는 외투사들의 이름들.

골드만삭스, 모건스탠리, 도이체방크, 코람코, 메릴린치, 맥쿼리인프라, 로담코, 싱가폴투자청, 파이낸싱 스타, 리먼 브라더스, AB암로, 알리안츠, 칼라일 등이 참여하고 있었다.

'헐! 쟁쟁한 회사들은 다 온 것 같군.'

아마도 HJ빌딩이 경매에 나왔기 때문일 것이다.

3명 혹은 2명씩 짝을 지은 모습이라 그 숫자만 해도 50명은 되어 보였다.

외투사별로 참석 인원을 제한하고 있지는 않았지만 좌석의 한계로 주로 2, 3명의 인원을 참석시키고 있었다.

대부분은 매번 참여하고 있는 투자사였지만 AB암로와 맥쿼리인프라 그리고 칼라일 등은 담용도 처음 들어 보는 외투사들이었다.

'HJ빌딩의 매력 때문인가?'

강남의 중심가인 테헤란로에 접한 매머드 급의 인텔리전트빌딩이라면 매력은 충분하다는 담용의 생각이다.

하지만 센추리홀딩스에까지 손을 뻗쳐 올 정도라면 이미 담합이 결정된 물건이라고 봐야 했다.

그럼에도 불구하고 참여하고 있는 것은 HJ빌딩 외에도 매력이 있는 물건들이 많아서였다.

'후훗. 어쨌든 참여하는 외투사들이 많으면 많을수록 좋으니까.'

거기에 촉매제 역할만 해도 경매가는 의외의 결과를 맞을 수도 있었다.

전면을 돌아 나오는 담용의 눈에 아예 좌석이 배치되지 않아 아무렇게나 자리한 주경연 회장과 김성택의 모습이 들어왔다.

국내 투자사인 센추리홀딩스임에도 대우는 찬밥 신세인 것이다.

이것이 바로 국가 부도 사태로 인해 생겨난 현상으로 내국인 투자 회사보다 외국인 투자 회사를 또는 내국인보다 외국인들을 더 우대하는 신풍 속도의 원조라고 해도 과언은 아니었다.

단 1달러라도 국내에 유입시키려는 정부의 눈물겨운 노력의 소산인 것이다.

그만큼 IMF하의 대한민국은 국제사회에서 도태되지 않기 위해 발버둥을 치던 시기라 전 국민에게 희생을 강요할 수밖에 없었다. 담용이 센추리홀딩스와 겉으로 드러난 연관성이 없기에 두 사람과는 눈인사도 하지 않았다.

'응?'

제자리로 돌아오던 담용이 따가운 눈총을 느껴 슬쩍 고개를 돌렸다.

외투사들의 뒷좌석에 자리 잡은 신경섭이 가자미눈을 하고서는 노려보고 있었던 것이다.

'풋! 가소로운 놈.'

한편 파이낸싱 스타에서 참여하고 있는 인원은 여느 때와 다름없이 지사 대표인 체프먼과 호건 그리고 마이클 이렇게 세 사람이었다.

탁자에 팔꿈치를 댄 채 턱을 고이고 있는 체프먼의 뇌리에는 지금 아직까지도 정리가 되지 않고 있는 숫자가 와각거리며 어지럽게 굴러다니고 있었다.

다름 아닌 2,513억, 2,900억, 3,000억이라는 숫자였다.

모두 김성택이 전해 준 HJ빌딩의 입찰가로 차라리 접촉하지 않느니만 못한 입찰가 정보이다 보니 현재는 계륵일 뿐이었다.

이는 체프먼을 수행하고 있는 호건과 마이클이라고 해서 입장이 다른 건 아니었다.

세 사람은 경매가 코앞에 닥쳤는데도 쉽게 결정가를 내지 못해 고민을 거듭하고 있는 중이었다.

그렇게 고민에 고민을 거듭하던 체프먼이 경매 진행 관계자가 무대에 올라오는 것을 보고서야 입을 열었다.

"호건, 생각해 봤어?"

"솔직히 말해?"

"응."

"난 포기하겠어."

"마이클은?"

"2억 5천만 달러면 나도 포기하고 싶어. 하지만 그동안 언더머니로 들어간 돈이 적지 않아서……."

"그깟 푼돈은 생각하지 마. 지금이라도 포기한다고 신호만하면 이 작자들이 벌 떼같이 달려들 테니까."

담합한 외투사들을 말함이다.

결과가 없으면 사후에 지불할 언더머니는 약속만 한 상태이기에 포기할 시간은 충분했다.

"좀 더 진지하게 생각해 보고 결정하도록 하지."

"체프먼, 네 생각부터 말해 봐."

"호건, 난 가격은 문제가 안 된다고 생각해."

"흠. 뭔 뜻인지 알겠는데…… 그 말은 우리가 역 공작을 해 놓은 작업을 믿는다는 얘기가 전제가 돼야 해?"

"물론이야. 우리가 작전상 흘린 1억 5천만 달러라는 정보가 떠돌아야만 말이 되는 거지."

기실 파이낸싱 스타 역시 가만히 있지는 않았다.

즉 상대 회사의 입찰가 정보를 매수하면서 동시에 HJ빌딩을 1억 2천만 달러에 입찰할 것이라는 정보를 역으로 내보냈던 참이었다.

이는 듣도 보도 못한 투자사 혹은 개인이 돌발적인 금액으로 입찰에 응하는 것을 막기 위한 자구책으로 주요 물건을 입찰할 때마다 매번 써먹는 방법이기도 했다.

"입찰가 대비 수익 구조에 대해서는 마이클이 전문이니 최종 의견을 들어 보자구."

호건의 말에 체프먼의 시선이 마이클에게로 향했다.

"마이클, 계산해 봤어?"

"응. 대충."

"지금 결정을 보게 말해 봐."

"그러지. 어차피 우리가 예상했던 1억 2,500만 달러(약1,500억 원)는 물 건너간 것 같으니……."

"끄응."

마이클의 말에 체프먼의 입에서 앓는 소리가 흘러나왔다.

이미 알고 있고 또 그럴 수밖에 없다는 것을 알지만 위장을 고춧가루로 버무려 놓은 것처럼 속이 쓰리다 보니 절로 인상이 찌푸려지는 것이다.

그럴 법도 한 것이 최저 경매가를 약간 상회하는 금액으로 구입하려던 의도가 완전히 빗나간 탓이었다.

담합한 외투사들이 이런 사실을 알게 되면 얼마나 비웃을지…….

그래서 말도 못 하고 쉬쉬하는 중이다.

슬쩍 눈치를 보던 마이클이 말을 계속했다.

"우선…… 우리가 낙찰받는 금액이 최대 2억 5천만 달러라고 했을 때를 가정해서 말하지. 괜찮겠어?"

"어쩔 수 없잖아? 말해 봐."

"좋아. 리모델링을 할 정도로 낡지는 않아서 손을 볼 건 별로 없어. 그래도 리모델링을 한 태를 내려면 손을 보지 않을 수 없으니 대략 300만 달러를 잡아 봤어. 그랬을 때 임대 수익은 연 11%를 상회해. 거기에 관리비에서 보정을 하면 13%까지도 수익이 가능하지. 더구나 코리아의 경제가 정상 궤도에 올라서면 더 나은 수익을 기대할 수도 있고 말이야. 또 우리가 어느 시점이 됐던 리세일을 한다고 해도 4,000억은 충분히 받을 수 있는 건물인 것만은 변함이 없어. 다시 말해서 최악의 상황에서도 손해 볼 것은 없다는 것이 내 결론이야."

여기서 최악의 상황이란 본전에 팔더라도 임대 수익만 가지고도 이익이 보장된다는 뜻이다.

물론 단기 매각이 아닌 일정 기간 보유하고 있었을 때다.

"들었다시피 여기까지는 다 좋아. 문제는……."

"그거…… 코리아가 언제쯤 정상적인 경제 활동이 가능한가 하는 점이겠지?"

"맞아."

"젠장."

갈수록 답이 점점 희미해지는 것에 체프먼의 눈살이 더 찌푸려졌다.

기실 이것이 가장 핵심적인 것으로 투자의 사활이 달린 문제이긴 했지만 이따위 코흘리개 같은 돈을 벌자고 이 짓을 하고 있는 것이 아닌 것이 문제다.

"내가 걱정하는 것도 바로 그거야. 외환 위기가 길어지면 길어질수록 물건을 처분하기가 어려워지는 부분도 마이너스 요인이지. 그런 약점은 곧 다른 외투사들의 먹잇감이 될 수밖에 없어."

장기 투자사들이 판로가 막힌 단기성 매물을 가진 회사의 부동산을 팔라고 집적거린다는 뜻이다.

"흥! 누구 좋은 일 시키려고? 어림도 없다."

막돼먹은 면이 없지 않지만 또 다른 면에서는 자존심이 무척 강한 체프먼이다.

자존심이 강한 사람은 자신이 보고 싶은 것만 보고, 듣고 싶은 것만 듣고, 기억하고 싶은 것만 기억하는 법이다.

체프먼도 그런 범주에서 벗어나지 못하는 인물이라 설사 손해를 보더라도 여기까지 와서 쉽게 포기할 마음은 없었다.

그즈음 주최 측에서 경매의 시작을 알리는 멘트가 흘러나오고 있었다.

"에…… 레디스 엔 제너먼……."

체프먼과 일행들은 들은 척도 하지 않고 대화에 몰두했다.

“난 말이야, 최악의 경우 3,000억까지도 배팅할 마음이 있다구. 단지 위험성을 조금이라도 줄일 수 있다면 그 방법을 찾고자 하는 거야.”

말은 그렇게 내뱉었지만 실상은 다른 외투사들에게 얕보이지 않기 위해서라도 낙찰은 받아야 했다.

그렇지 않으면 향후 담합을 제의했을 때 쉽게 응해 오지 않을 것은 불을 보듯 빤한 일이다.

“알아. 우리가 하루 이틀 같이 일한 것도 아닌데 그걸 왜 모르겠어? 나는 단지…….”

“아아, 그만하고 내 말을 좀 들어 봐.”

둘의 대화를 듣고 있던 호건이 들을 사람이 없음에도 주변을 한번 살펴보고는 조심스럽게 끼어들었다.

“좋은 생각이라도 있어?”

“그런 것보다는 이쯤에서 덧붙일 말이 있어서야.”

“뭔데?”

“사실 며칠 전부터 본사의 가너와 이야기를 했었어.”

“가너?”

“응.”

“가너라면…… GB파트에 있는 그 정신 이상자 말이야?”

GB파트란 Generalized Business part로 사업총괄부를 일컫는 말이다.

"후훗. 맞긴 한데…… 인지심리학을 전공해 성격이 조금 특이해서 그런 거지 솔직히 말해 정신 이상자는 아니지."

"그야……."

체프먼도 인지심리학이 인간이 현상을 인지하고 받아들이는 과정을 연구하는 학문이라는 것을 모르지 않아 알면서도 하는 말이었다.

즉 인간이 어떤 현상을 접하고 그에 대한 정보를 처리하며 그를 저장하거나 행동하는 과정을 밝혀내는 학문인 것이다.

"그런데?"

"우리가 HJ빌딩을 매입할 것인가 하는 빅딜을 고민할 때부터 물었던 것이 있어."

"뭐야? 그게?"

"코리아가 언제쯤 외환 위기에서 벗어날 것인가 하는 질문."

"호오! 그래?"

조금은 침울해하던 체프먼이 급 반색을 하며 되물었다.

"가너가 뭐라고 했는데?"

"이르면 내년 상반기 늦으면 그다음 해에는 외환 위기에서 벗어날 것이라고 했어."

"그으래?"

"틀림없이."

"그거…… 근거가 있는 소리야?"

"그렇다마다. 데이터에 의한 숫자놀음이야 다 아는 얘기니 그만두고 얘기하지."

"하긴 그거야말로 진부한 얘기지."

사실 데이터에 의한 증거 능력만을 신봉하는 외투사들이다 보니 이골이 난 숫자놀음에 지칠 법도 했다.

그렇다고 과학적으로 증명이 안 되는 자료들을 가지고 결론을 도출하지는 않는 것 또한 특징이다.

하지만 지금은 금액의 한도를 넘어선 상황에서 체면을 차리려면 지푸라기라도 잡아 보자는 심정으로 응하는 것이다.

"말해 보지그래."

"가너 말에 의하면 한 나라의 역사는 국민성이 응축된 결과라는 거야."

끄덕끄덕.

"흠. 꽤 그럴듯한 말이군."

"조금은 추상적인 결론이지만 나라를 살리겠다며 금 모으기 운동이라는 촌극까지도 진지하게 받아들이는 코리안의 저력과 경쟁력이라면 충분히 극복한다는 거야."

"하긴 금 모으기 운동은 좀 웃기는 코미디였지. 각국에 내보이려는 쇼라는 게 빤히 보이는 수작이었으니 말이야."

"그런 말 말어. 정치인들이 벌인 쇼였더라도 대다수 코리안들은 누구보다도 진지하게 동참했어. 그건 곧 그대로 거대한 물줄기라고 봐야 해. 내 것을 과감하게 내놓는 진실한 국민성 그리고 굳건한 단결력 말이야. 가너도 이 점을 높이 평가해서 이런 결론을 냈다고 하더군."

"아무튼 그런 국민성이라면 투자를 해도 손해를 볼 일은 없다 이거지?"

"그런 셈이지."

"흠, 가너의 말을 한번 믿어 봐?"

"어차피 우리 입장이 고 어헤드go ahead(진행)잖아?"

"쩝! 어쨌든 3,000억에 낙찰받더라도 넉넉잡아 5년이면 승부가 난다는 말이지?"

"기간을 5년 정도 잡아야 얼추 맞아떨어져. 외환 위기에서 벗어났다고 해서 당장 좋아지지는 않을 테니까."

"길어지지 않도록 기도라도 해야 할 판이군그래."

"세금 문제도 감안해야 할 걸?"

"마이클, 그건 딱히 규정된 것이 없잖아?"

"여느 나라처럼 마찬가지로 코리아 역시 국내법에 따른 세율이 적용될 테지."

"흥! 난 관심 없으니 그따위 법은 개나 주라고 해."

체프먼은 결코 인간이 만든 규칙과 법에 고분고분할 만큼 도덕적이지가 않은 자였다.

하물며 세계의 변방에 있는 코리아의 법이라면 콧방귀도 안 뀔 작자다.

아무튼 거기까지 얘기가 진행되고 입찰자들이 분주히 입

찰가액을 적은 봉투를 접수하고 제자리를 찾아 앉았을 즈음이다.

경매 진행자의 멘트가 다시 들려왔다.

"Next up, number sixteen(다음은 16번입니다)."

"체프먼, 세금은 차후 문제니 지금 따질 계제가 아닌 것 같다. 지금 16번이면 곧 20번이 시작될 거야."

HJ빌딩이 스무 번째 순서이기에 하는 말이다.

"마지노선을 얼마로 할 건지나 말해 줘."

"별수 있어?"

"하면 2억 5천만 달러?"

스윽.

"미스터 킴이 가져온 이 숫자가 안 보여?"

체프먼이 서류 한 장을 내밀며 입에 담은 미스터 김은 김성택을 만났던 김수국이었다.

"제길. 망신을 안 당하려면 지금은 어쩔 수 없어. 손해를 안 보길 빌어 보자구."

"흠. 알았네. 마이클, 준비해."

"그래."

HJ빌딩의 경매를 앞두고 바빠진 곳은 또 있었다.

"How much what(얼마라고)?"

"1, 5, 0 million dollar(1억 5천만 불)."

신경섭의 입에서 폴린이라고 불렸던 백인이 깜짝 놀란 얼굴로 박신우를 쳐다보며 난감한 표정을 자아냈다.

이어 눈썹이 역팔 자로 변하더니 버럭 하고 화난 음성을 토해냈다.

"120million dollar(1억 2천만 불)면 충분할 것이라 하지 않았소?"

"그랬지요. 하지만 뒤늦게 접한 정보가 있어서 그럽니다."

"정보라니?"

"저기……."

박신우가 파이낸싱 스타가 있는 부스 쪽을 턱으로 가리키며 말을 이었다.

"정확한 정보에 의하면 파이낸싱 스타에서 적어도 1억 5천만 불에 입찰할 것이란 소문입니다. 그러니 우린 거기서 조금 더 보태 1억 5,100만 불을 입찰가액으로 제시했으면 합니다."

"큼. 그걸 왜 이제 와서 얘기하는 거요?"

"저도 여기 도착해서야……."

톡톡톡.

박신우가 자신의 휴대폰을 두드리더니 말을 이었다.

"전화를 받았기에 어쩔 수 없었습니다."

"젠장. 이건 내 선에서 결정할 문제가 아니오. 잠시 실례하겠소."

폴린이 두 사람에게 양해를 구하더니 자리를 벗어났다.

아마도 변경된 금액을 의논하려는 것이리라.

"삼촌, 연락이 온 데가 없잖아요?"

"이런! 아마추어 같은 녀석."

"에? 제, 제가 아마추어라고요?"

"짜식, 외투사들이 저렇게 즐비한데 최저가를 겨우 면한 금액으로 어떻게 낙찰을 받아? 순진한 놈."

"칫! 나도 그쯤은 안다고요. 그렇다고 대뜸 3,100만 불을 올리다니요? 폴린의 회사에서 허락하겠어요?"

"하고말고."

"하! 그러다가 안 되면?"

"인마, 그래 봐야 환율로 따지면 1,800억도 안 돼. 물경 4,000억짜리 빌딩이라구. 4,000억!"

"아! 그걸 누가 몰라요?"

"시끄럿! 난 이 금액에도 자신이 없으니까 가만히 있어. 글고 어떡하든 낙찰을 받아야 우리에게 떨어지는 고물이 있는 거야. 적게 써 냈다가 안 되면!"

"그야 수입도 없죠."

"잘 아네."

"씨불. 내게 돈만 있었다면 그냥 콱! 으이그! 속 터져."

"새끼, 쉽게 입에 담는다고 해서 천억이란 돈이 그리 쉬운 금액인 줄 알아? 범인은 꿈속에서도 못 이루는 게 천억 단위의 돈이란 말이다."

"쳇! 두고 보라구요. 내가 천억, 아니 조 단위의 돈도 벌어 보일 테니까. 흥!"

'쯧쯔쯔…… 오냐오냐하며 어려움 없이 키운 탓에 돈 귀한 줄 모르니…….'

박신우는 조카인 신경섭이 그 나름대로 인생을 살아온 틀이 쉽게 바뀔 리가 없다는 걸 진즉에 알았지만 큰누나의 부탁을 저버리지 못하고 데리고 있는 것이다.

'그나저나 잘돼야 할 텐데…….'

기실 이직을 한 이후 아직도 변변한 실적이 없는 상황이라 마음이 조마조마한 박신우이다 보니 이번 입찰 건은 자신과 신경섭의 진퇴가 걸린 문제라고 할 수 있었다.

Binder Book

체프먼, 오기가 발동하다

그날의 경매는 모두 50건으로 경매가 끝나자 낙찰 결과가 나오는 데는 그리 오랜 시간이 걸리지 않았다.

게시판에 나붙은 오늘의 입찰 결과는 입찰자들로 하여금 각양각색의 반응을 야기시키기에 충분했다.

"이야홋! 낙찰이다!"

"으아! 나, 나도 낙찰받았어!"

펄쩍! 펄쩍!

원하는 걸 얻어 더 만족했는지 어른들이 체신도 아랑곳하지 않은 채 발을 마구 굴러 댔다.

"오오! 구우웃!"

"브라보!"

짝! 짝! 짝!

외투사에서 참여했던 임원들 역시 그들 나름대로 원하던 것을 얻어 만족했던지 하이파이브를 쳐 댔다.

하지만 양지가 있으면 음지가 있듯 한쪽에서는 풀 죽은 목소리들이 흘러나오고 있었다.

"크…… 젠장. 단돈 10만 원 차이라니!"

"이런! 또 안 된 거야?"

"빌어먹을. 또 떨어졌어."

"제길. 벌써 몇 번째야? 그러니까 이번엔 후하게 좀 쓰자니까 그놈의 고집은……?"

"에이! 내가 또 경매장에 얼씬거리면 성을 갈아 버린다. 시파!"

쿵!

중년 사내가 치밀어 오르는 억울함을 분출한 곳이 하필이면 화강암으로 된 벽이었다.

"아아악!"

"쯧쯔쯔쯔……."

이렇듯 낙찰자들은 환호성을 지르는 반면에 고배를 마신 사람들은 시무룩해하거나 마구 푸념을 해 댔다.

거기에 입찰에 떨어진 것에 대한 책임론까지 불거져 스폰서 혹은 전주들이 입찰을 기획한 직원과 믿고 따랐던 부동사업자들을 질책하는 고성이 곳곳에서 터져 나오고 있었다.

"야! 이 새끼야! 네 말만 들으라며? 엉? 엉?"

"죄, 죄송합니다."

"죄송? 저게 어떤 물건인지 몰라서 고작 죄송하다는 말 하나로 해결돼?"

경매장에서 흔히 벌어지는 일들이지만 오늘은 유독 그 정도가 심한지 고성은 또 터져 나오고 있었다.

"김 사장! 감정가만 4,000억이야! 4,000억! 알아?"

"아, 압니다만……."

"그런데 뭐? 1,700억이면 충분하다고?"

"그, 그게……."

"시끄럿! 이제 너희 부동산하고는 거래 안 해! 또다시 전화했단 봐라! 그냥, 콱! 으이그……."

그렇듯 쉴 새 없이 터져 나오는 고성과 웅성대는 소음이 쉽게 가라앉을 것 같지 않은 이유는 모두가 HJ빌딩으로 인해서였다.

입찰자들이 대회의실을 입추의 여지없이 꽉 메운 것도 모두 HJ빌딩이 경매로 나왔기 때문인 것이다.

사람들이 빠져나가고도 한참이나 지난 후에야 대회의실을 빠져나오던 담용도 뭇사람들과 같이 조마조마한 마음으로 게시판을 올려다보았다.

먼저 나왔을 주경연 회장이나 김성택이 벌써 확인했겠지만 오늘 같은 경우는 담용 자신이 직접 확인해야 안심이 됐다.

그도 그럴 것이 작전 세력인 주경연 회장 측에서 써 낼 입찰가액이 물경 3,000억이었기에 입이 바싹바싹 마를 수밖에 없었던 것이다.

말이 좋아 3,000억이지 이게 어디 만만한 숫잔가?

적을 유도하는 금액치고는 지나치게 큰 액수인 데다 자칫 낙찰이라도 되면 밀어 넣어야 할지도 모르는 돈이었기에 목이 바짝 마르다 못해 목구멍이 달라붙는 기분이었다.

더욱이 낙찰이 됐을 때를 대비해 돈을 준비해 놓은 것 외에는 그 어떤 대비책도 마련해 놓지 않은 탓에 애써 냉정을 찾고는 있지만 심장이 튀어나올 듯이 쿵쾅거렸다.

담용이 주시하고 있는 칸은 바로 20번째에 있는 HJ빌딩 경매 건이었다.

'헛!'

게시판에 오른쪽 가장자리에 적어 놓은 입찰자 란에 시선을 고정시킨 담용이 주욱 훑어 내려오다가 어느 순간 '후우—!' 하고 긴 한숨을 내쉬었다.

'아! 다행이다.'

그러면서 입찰가액란으로 시선을 옮기던 담용이 해연히 놀란 표정을 자아냈다.

'헛! 뭐, 뭐야? 저게…….'

그의 눈에 들어온 숫자, 아니 금액.

251,110,000 $ ———————— (주)파이낸싱 스타

조심스럽게 예상은 하고 있었지만 기실 '설마?' 했던 금액이다.

그런데 거기에다 111만 달러가 더해진 어마어마한 금액이라니!

'지, 진짜로 3,000억이 넘는 금액을 써넣다니!'

정확히는 현 시점의 환율로 3,013억 원 남짓 되는 꿈의 숫자다.

그런데 입찰가액이 수상했다.

"허어! 낙찰을 받기 위해 어지간히도 머리를 굴렸군."

그 이유는 끄트머리의 111만 달러를 보면 알 수 있었다.

이는 누군가 25,000만 달러를 써 냈을 경우에 대비해 100만 달러를 더 보탠 것이며, 또 25,100만 달러를 쓸 경우를 생각해 10만 달러를 또 보탰다.

그마저도 안심이 되지 않아 25,110만 달러를 써 낼 것을 우려해서 1만 달러까지 덧붙이는 노련함까지 내보였다.

'훗! 그렇게 급했나?'

솔직히 저렇게까지 머리를 쓰면서라도 낙찰을 받아야 했는지 이해가 가지 않았다.

기실 외투사들이 잘하지 않는 패턴이었기 때문에 그런 생각이 든 것이다.

이무튼 경악에 찬 표정을 짓던 담용이 얼른 파이낸싱 스타의 관계자들을 찾아보았다.

하지만 아무리 둘러보아도 세 사람 모두 눈에 띄지가 않는다.

'하긴…… 낙찰이 됐는데 여기서 얼쩡거리고 있을 필요가 없지.'

담용 자신이 늦게 나온 탓도 있지만 누구라도 낙찰이 됐으면 잡음이 일기 전에 빨리 현장을 떠나는 게 신상에 이롭다.

낙찰가액의 10%인 계약금이야 이미 응찰할 때 지불했으니 머뭇거릴 이유도 없었다.

'신경섭이도 갔나 보군.'

그러고 보니 그들 패거리 역시 보이지 않았다.

툭!

"안 가고 뭐 하세요?"

"아! 김 과장님."

"후후훗. 감회가 어때요?"

"하하핫! 홀가분하죠 뭐."

"노심초사했을 테니 그 심정 이해합니다."

"후우! 아닌 게 아니라 정말 심장이 터질 뻔했습니다."

"히히힛! 저도 마찬가지였는걸요. 오늘 온 인파에 놈들이 엄청 놀랐겠죠?"

"후후훗. 아마도요."

놀랐다기보다도 경악했다는 것이 더 맞을 것이다.
그렇지 않았다면 저런 가격이 나올 수 없다.
오늘은 그야말로 돌출 변수를 생각지 않을 수 없는 인파가 몰려들었기 때문일 것이다.
아마도 파이낸싱 스타에서 역공작을 했던 것이 오히려 역효과가 나지 않았나 싶었다.
입찰 예상가 1,500억.
결코 쉽다 할 돈이 아니었지만 그렇다고 불가능한 돈도 아니었다.
이것이 파이낸싱 스타로서는 패착(?)이 아닌가 싶었다.
어찌 됐든 담용으로서도 뜻밖에 쉽게 끝나 버린 일이라 한층 고무된 마음이었다.
"참, 주 회장님은요?"
"중요한 약속이 있다면서 결과만 확인하고는 곧장 여의도로 가셨습니다."
"그래요?"
"예. 그리고 가시면서 이 말을 꼭 전해 주라던데요?"
"무슨……?"
"자기 손녀딸을 잊지 말아 달라고요."
"아! 예."
'후! 조만간 찾아가서 봐야겠구나.'
늘 마음 한편에 걸리는 부분이었다.

'후우! 다행히 챠크라의 일곱 가지 기운을 모두 갈무리할 수 있게 됐으니 조만간 시간을 내 봐야겠어.'

만나 본 적도 없는 주 회장의 손녀가 정확히 무슨 병을 앓고 있는지는 알 수 없다.

이는 담용 자신만이 아니라 의사도 가족들도 마찬가지인 상태라는 점이다.

다만 원인도 모르게 자꾸 말라 가고 있다는 것만 알 뿐.

주경연 회장 왈.

ㅡ미국의 존스홉킨스병원을 비롯해 가 보지 않은 병원이 없을 정도야. 그렇게 백방으로 손을 써 봐도 병명을 알 수 없다 보니 용하다는 무당을 불러 굿까지 하지 않았겠나?

결국 무당도 소용이 없었다는 얘기다.

기실 그런 말을 들었기 때문에 만나기를 주저하며 차일피일 미룬 이유가 컸다.

왜냐?

어정뜨기로 나서서는 안 될 일로 여겼기 때문이다.

다시 말해서 이때까지만 해도 담용은 챠크라의 기운 중 마지막 일곱 번째인 백화白花(흰꽃) 즉 인체의 하늘이라 할 수 있는 백회와 정수리 부근에 무명화를 피워 내지 못하고 있었던 것이다.

담용은 본능적으로 주경연 회장의 손녀를 낫게 하려면 필시 무명화를 피울 수 있었을 때야 비로소 그 가능성을 찾을 수 있다고 본 것이다.

담용에게 있어 최대의 무기는 당연히 시간을 거슬러 온 존재라는 점이라 할 수 있다.

하나 이런 장점을 가졌더라도 주경연 회장의 손녀 일은 지난 삶에서는 없었던 일이라 아무런 도움이 되지 않는다.

그다음 능력이 염동력인데 이건 좀 이용할 수 있는 힘이라 할 수 있어 손녀를 한번 만나 보겠다고 한 것이다.

즉 주경연 회장처럼 상대의 내부를 관조해 보는 것과 치유를 하는 것과는 완전히 다른 영역이기 때문이었다.

염동력이란 무형의 힘으로 물리적인 힘을 발휘하는 능력을 말함이고, 그 힘의 원천은 인도의 성자 두쉬얀단이 남긴 챠크라에 있다.

담용은 근자에 들어 챠크라의 기운을 일깨워 목소리에 담아 의지나 뜻을 전달하는 경지에까지 이르렀다.

그것도 일전에 화상 경마 문제로 만났을 때 마해천 회장에게 써먹은 바가 있었고 또 소기의 성과를 거둘 수 있을 만큼 위력적인 것임을 확인까지 했다.

이른바 얼러링 보이스alluring voice(매혹의 목소리)라고 하는 염동력의 일종으로 초감각적 지각능력 즉 ESP(extrasensory perception) 중 하나인 것이다.

물론 그 전에는 불까지 피어내고 동체 이동 능력이라는 약간의 재주까지 보인 바가 있긴 하지만 그건 작금에 비하면 잔재주에 불과할 뿐이다.

즉 ESP란 매혹 능력과 같이 투시 능력이나 텔레파시 또는 동체 이동 능력과 예지 능력 발휘 현상을 총칭하는 말이다.

작금에 이르러 담용은 매혹 능력만큼이나 투시나 텔레파시 또는 동체 이동력과 예지력 역시 무시할 수 없는 능력을 지녔다고 해도 과언이 아니었다.

이 중에도 특히 가장 자신이 있어 하고 또 완숙한 경지에 이르렀다고 자부하는 능력은 동체 이동이었다.

감시 카메라를 무용지물로 만드는 것 등이 그것으로, 지금은 단 하루도 빠지지 않는 간단없는 수련으로 인해 예전보다 경지가 더 올라선 상태였다.

또한 이 모두가 무명화를 피워 냈기에 가능했던 것이다.

물론 아직 실전에 적용시켜 본 것은 아니지만 몸의 감각이 그렇게 말하고 있었다.

각설하고.

"그럼 예치금을 찾으러 가죠."

김성택이 말하는 것은 입찰할 때 냈던 계약금이었다.

"아, 그렇지. 갑시다."

강남 논현동의 (주)케이에이알유.

박신우와 신경섭을 따라 캠코에 왔었던 폴린은 아직도 분이 안 풀리는지 안색이 붉으락푸르락했다.

스윽.

꿀꺽꿀꺽.

폴린은 끓어오르는 열기를 식히려는지 1리터의 생수병을 통째로 주둥이에 처박고는 사정없이 마셔 댔다.

적지 않은 덩치이다 보니 불룩 튀어나온 목울대가 눈에 띄게 꿀럭거렸다.

텅!

“이봐요! 박 이사! 대체 이 일을 어떻게 할 거요?”

“…….”

“아! 어떻게 할 건지 묻질 않소?”

“그, 그게…….”

“말을 해 봐요, 말을!”

“죄, 죄송합니다.”

“죄송? 지금 죄송이란 말 한마디로 이 일을 무마하자는 것은 아니겠지요?”

“…….”

계속해서 말이 없는 박신우에게 폴린이 다그치듯 말했다.

"처음에 1억 2천만 달러라고 했다가 낙찰이 힘들 것이라고 하는 통에 본사에 사정사정해서 1억 5,100만 달러로 변경해 입찰을 했소. 근데 보기 좋게 미끄러졌소. 내가 회사에 입장이 뭐가 되는지 아시기나 하고 이러는 거요?"

"……."

"애초에 HJ빌딩을 반드시 낙찰받아야 한다고 수도 없이 말했을 때 당신이 내게 뭐라고 했소?"

"……."

"기필코 낙찰을 받게 해 주겠다고 하지 않았소? 그것도 다른 곳을 가지도 못하게 전속 계약까지 해 달라면서 말이오!"

"……."

"대답을 해 봐요, 대답을! 했소? 안 했소?"

"해, 했지요."

내도록 코가 빠져 묵묵부답이다가 폴린이 워낙 다그치자 겨우 한마디 내뱉은 박신우다.

"좋소. 인정한다면 책임을 질 줄도 알아야지. 그렇지 않소?"

"그, 그게……."

"더 이상 변명은 듣고 싶지 않소. 전속 계약서에 명시된 대로 배상을 해 주시오."

"아, 아니 그게 어찌…… 나도 최선을 다했는데 어찌 계약 위반이라고 하십니까?"

"물론 최선을 다한 건 나도 아오."

"그런데 왜……?"

"쯧쯔쯔…… 이봐요, 박 이사님!"

떵—!

쉽게 인정하려 들지 않는 박신우의 태도에 폴린이 반쯤 몸을 일으키더니 탁자를 세차게 내리쳤다.

"신빙성 있는 정보가 아닌 엉터리 정보에 매달려서 시간을 허비한 것을 가지고 최선을 다했다고 할 수가 있겠소? 그것도 일이백만 달러도 아니고 무려 1억 달러라는 어마어마한 금액이 차이가 나는 것도 모르고 말이오. 원…… 차이가 나도 어지간해야지……."

벌컥벌컥.

목이 마른지 재차 생수병을 들고 마셔 댄 폴린이 입을 쓱 훔치더니 상의 안주머니에서 서류를 꺼냈다.

"그러니 여기……."

파락. 파락.

서류를 펼친 폴린이 항목을 가리키며 말했다.

"9조 2항을 보면…… '을'은 '갑'을 대신하여 HJ빌딩의 경매 입찰에 최선을 다한다, 그리고 3항에는 '을'은 HJ빌딩에 대한 제반 조사 즉 제원, 입찰 예상 가격, 물건의 정보와 동향 등을 면밀히 검토하여 '갑'에게 제공할 의무가 있다고 했소. 여기서 박 이사 당신이 한 일이 뭐요? 일을 제대로 했다면 근사치에 갔어야 할 것 아니오?"

전속 계약서를 내놓고 계약 조항을 하나하나 짚어 가며 연방 다그치는 폴린이다.

"그리고 또 있소."

파락, 파르락.

계약서가 몇 장 더 넘어갔다.

"여기! 16조 1항을 보시오."

박신우가 딱 보니 계약 위반 항목이었다.

톡톡톡.

"여기 이 항목을 보란 말이오. '갑'은 '을'의 물건 조사가 실제 가격보다 현저한 차이가 있다고 판단될 때는 '을'에게 책임을 물을 수 있다. 단 그 책임의 한도는 상식적이어야 한다. 자, 이래도 발뺌을 할 셈이오?"

"……!"

폴린의 조목조목 따져 가며 항의하는 말에 박신우는 꿀 먹은 벙어리처럼 말이 없었다.

그저 눈만 끔벅끔벅할 뿐이다.

이때 폴린의 항의를 듣다 못한 신경섭이 대뜸 큰 소리를 쳐 대며 나섰다.

"이봐요! 폴린 씨! 우린 당신을 위해 신발이 닳도록 정보를 찾아 쫓아다녔고 또 밤을 새워 가며 일했소. 그런 우리에게 당신이 배상을 하란 말이 가당키나 하오? 설사 그렇다고 해도 우린 절대 그렇게 못하겠으니 당신 마음대로 해 보시오! 흥!"

"오오오! 미스터 신이 그렇게 나온단 말이지."

"흥! 폴린 당신이 어지간해야 나도 참지. 이건 뭐……."

"하하핫. 이런! 이런! 내가 세계에서도 그 명성과 가치를 알아주는 케이에이알유를 믿고 찾았건만 대우가 이렇단 말이지요? 알았소. 내가 이 자리에서 분명히 말하건대 우리 사이가 루비콘 강을 건넜다고 여겨도 되겠지요? 좋소! 오늘 내로 우리 측 변호사를 통해 이 회사를 고발할 것이니 그렇게 아시오."

벌떡!

"어어! 이, 이봐요. 미스터 폴린! 자, 잠시만……."

꽝!

입이 열 개라도 할 말이 없어 머리만 처박고 있던 박신우가 얼른 일어났지만 이미 때는 늦었다.

만류하기도 전에 화가 머리 꼭대기까지 난 폴린이 문을 세차게 닫고 나가 버린 것이다.

폴린의 감정이 실린 굉음만이 박신우의 고막을 먹먹하게 만들었고, 갑작스럽게 벌어진 일에 어안이 다 벙벙한 표정이다.

"이, 이런!"

달래고 달래도 모자란 판에 오히려 염장을 질러 놓은 꼴이다.

이는 박신우가 여태껏 '나 죽었소' 하고 처신했던 일들을 만사휴의로 만들어 버렸다.

당연히 귓구멍에서 연기가 나올 정도로 화가 솟구칠 수밖에.

게다가 곧 고소장이 접수되면 죄가 있든 없든 조사를 받아야만 한다.

경찰서 조사계에서 조사를 받다 보면 하루가 후딱 지나간다.

아울러 여차해서 송사에 얽매이기라도 하면 거기에 신경을 쓰느라 일도 못하고 매달려야 한다.

당분간 일은 뒷전이 된다는 얘기다.

그렇게 되면 회사에서도 골치 아픈 존재가 되고 급기야는 직원들이 등을 돌려 버리는 사태가 벌어진다.

게다가 각기 자신이 벌어서 자신이 수익을 가지는 구조라 사원들 간의 인정과 의리가 거의 없는 직장이 아닌가?

그렇게 생각되자, 당연히 얼굴이 휴지 조각처럼 일그러지는 박신우다.

자연 옆에서 잘했다고 씩씩거리고 있는 신경섭이 곱게 보일 리가 없다.

조카라지만 사회생활에 있어서 정말로 눈치코치 하나 없는 놈이다.

번번이 이런 짓을 저지르다 보니 도대체 몇 번인지 헤아릴 수가 없다.

일의 성사를 코앞에 두고도 신경섭의 말 한마디에 산통이 깨진 것도 셀 수가 없을 정도다.

그런 생각까지 들자 속에서 천불이 나는지 끓다 못해 이제는 새까맣게 타고 있는 중이다.

'으으으…… 이놈의 자식을 내 그냥…….'

부글부글.

끓는 온도가 임계점에 달했는지 박신우의 얼굴이 붉어질 대로 붉어진다 싶더니 마침내 '뻥!' 하고 터져 버렸다.

빽!

"야!"

깜짝!

"사, 삼촌 놀랬잖아……."

"이 자식! 조카라고 오냐오냐해 줬더니……."

부르르르…….

무더운 8월임에도 전신을 마구 떨어 대는 박신우다.

"나, 나가! 당장 나갓!"

"사, 삼촌……."

"새끼! 네놈은 지금부터 내 조카도 아니다. 다시는 내 앞에 나타나지 마! 어서 안 나갓!"

"사, 삼……."

"이 새끼가 그래도……."

"어어어……."

느닷없는 박신우의 정신 나간 행동과 날벼락 같은 고함에 대번에 얼굴이 핼쑥해진 신경섭이다.

"오냐, 오늘 너 죽고 나 죽자!"

박신우가 대뜸 벽에 세워 뒀던 아이언을 드는 것을 본 신경섭이 벌떡 일어서 출입문으로 달아났다.

"가, 간다고요. 가!"

벌컥!

"빨리 안 꺼져!"

"에이 씨."

쾅—!

역삼동 르네상스 호텔 인근에 위치한 (주)파이낸싱 스타 한국 지사.

지사 대표실은 예의 체프먼의 패거리가 다 모여 있었다.

그러나 오늘의 경매 물건 중 이슈가 됐던 HJ빌딩을 낙찰받았음에도 불구하고 분위기가 별로 좋아 보이지 않는다.

분위기뿐만 아니라 실내의 공기 또한 담배 연기로 자욱해 탁하기 그지없다.

"후우—!"

주둥이를 내밀고 뿜어내는 체프먼의 담배 연기가 그렇지 않아도 탁한 실내의 공기에 농도를 가중시켰다.

게다가 호건까지 담배 연기에 일조를 하고 있으니 공기의 탁한 정도는 점점 더 심해져 갔다.

그렇다 보니 에어컨을 켜 놓은 꽉 막힌 공간에 숨을 쉴 만한 틈이 없다.

두 사람의 줄담배로 인해 환기구의 용량보다 더 많은 담배 연기가 양산되고 있는 것이다.

세 사람 중 유일한 비흡연자인 마이클이 보다 못해 입을 열었다.

"야야! 그만들 좀 피워. 몸에 좋지도 않은 걸 왜 그리 피워 대나? 그것도 줄담배를……."

"아! 그렇군. 마이클, 자네가 비흡연자인 걸 깜빡했어. 미안."

퍼뜩 정신을 차린 체프먼이 담배를 재떨이에 비벼 끄자, 호건도 얼른 입에 문 담배를 빼서는 꺼 버렸다.

그러고는 미안했던지 소용도 없는 짓임을 알면서도 손을 휘휘 저어 대며 담배 연기를 흩트리려 애썼다.

체프먼이 겸연쩍게 웃더니 소파에 앉으며 말했다.

"하핫. 마이클, 기분이 좀 뭐 같아서 너에 대한 배려를 깜빡했다."

"괜찮아. 그나저나 꿀꿀한 기분인 건 아는데 이미 엎질러진 물을 가지고 담배 연기로 푼다는 건 좀 아닌 것 같다."

"그야…… 그냥 잠시 고민해 봤을 뿐이야."

"뭔 고민?"

"마이클, 좀 이상하다고 생각하지 않나?"

"뭐가? 이번 경매가?"

"이번 경매도 그렇고 지난번에 놓친 경매도 그렇고……."

"글쎄. 난 딱히……."

"체프먼, 마이클은 그런 것에 좀 둔한 편이라 약간의 설명이 필요할 거야."

"엉? 호건, 그건 또 무슨 말이야?"

"아아. 그건 내가 얘기해 주지."

소파에서 일어난 체프먼이 구석으로 가더니 원두커피를 내려놓은 커피포트와 머그컵 세 개를 들고 왔다.

"무슨 말이냐 하면 말이다."

쪼르르. 쪼르르르.

"확실한 건 아니지만 누군가 우리 일을 계획적으로 방해하고 있다는 생각이 들어서 말이야."

"뭐? 감히 누가 그런……? 아! 아니지. 증거가 있나?"

"없지."

"없다고?"

"응. 이건 감이야. 식스센스sixth sense(육감) 말이다."

"엉? 체프먼, 자네…… 센슈얼리즘sensualism(육감주의)이었나? 내가 알기론 아닌데……."

"하하핫. 난 분명히 아니지. 이건 호건의 육감이라고."

"그럼 그렇지. 호건! 어떻게 된 일이야?"

"어떻게 되긴. 굳이 육감이 아니더라도 오늘 몰려온 숫자가 너무 많았다고 생각하지 않나?"

"그야…… 돈을 지른 이유도 그 때문이었잖아? 근데 그게 왜?"

"지난 엠머타워 때도 역공작을 했었지만 오늘만큼 붐비지는 않았어."

"흠, 글쎄다. 난 HJ빌딩이 인기가 있어서 그런 것 같은데…… 코리아가 아무리 달러가 없다지만 돈 많은 부자는 있기 마련이거든. 아니, 오히려 그런 자들이 이런 기회를 이용해 부를 더 축적하려 한다는 것을 우리가 더 잘 알잖아?"

"쯧. 마이클, 자넨 물건 분석에는 뛰어났지만 주변을 돌아보고 분위기를 읽는 눈은 좀 더 키워야겠어."

"잉? 그게 무슨 말이지?"

"잠시 후면 알게 되겠지만 우선 이것부터 가르쳐 주지. 지난 엠머타워 때의 경매장 분위기가 자연스러웠다면 이번에는 어색한 기운이 곳곳에서 드러났었다는 거지."

"뭐? 하면 누군가 계획적으로 이번 일에 개입했다는 건가?"

"맞아. 나와 체프먼은 그렇게 추측하고 있어."

"헐! 감히 누가? 무엇 때문에? 아니, 그것이 가능하긴 한 건가?"

"후후훗! 애국자라고 자처하는 사람들은 어디서나 볼 수 있지."

"으음, 무슨 말인지 알 것도 같군."

"하하핫. 마이클은 영리하니까."

"객쩍은 소리! 그보다 어디서부터 시작된 건지 감은 잡았고?"

"미스터 킴이 확인 중이야. 곧 이곳으로 올 테니 두고 보자구."

"응? 수국 킴이?"

"그래. 잠시 뭘 좀 알아보러 갔지."

"좋아. 그건 그렇고 호건, 자넨 지금 상식 밖의 일이 일어났다고 보는 건가?"

"그런 셈이지."

"체프먼, 자넨?"

"나 역시 그런 생각이야. 상식 밖의 사건이 일어나면 그에 못지않은 이유가 있기 마련이지. 지금 그 단초가 될 수 있는 걸 알아보고 있는 중이고."

김수국이 하고 있는 일을 말함이다.

"그래. 나 역시 상식 밖의 이유 같은 것에는 반드시 그럴 만한 원인이 있다고 믿는 사람이지. 그리고 이걸 알아내야만 우리가 코리아에서 롱런을 할 수 있다는 것도 알지."

"구웃! 바로 그거야. 우리가 롱런을 하기 위해서는 설사 아무것도 아니라고 하더라도 수상한 점은 짚고 넘어갈 필요가 있는 거야."

그때 집무를 보는 책상 위에 놓인 전화기에서 신호가 왔다.

디리리. 디리리리.

"호! 때를 맞춰 왔군."

꾸욱.

"무슨 일이지?"

—대표님, 김수국 팀장이 왔습니다.

"들여보내요."

—네.

이윽고 문이 열리고 동양인치고는 제법 늘씬한 체격을 지닌 김수국이 안으로 들어왔다.

"대표님, 다녀왔습니다."

"미스터 킴, 수고했어요."

"뭘요. 연봉 값을 하고 있을 뿐인데요."

"하하핫. 거기 앉게."

"예."

"커피 하겠나?"

"주십시오. 그러지 않아도 급히 달려왔더니 목이 마르군요."

쪼르르르.

체프먼이 직접 머그잔에다 커피를 따랐다.

“자, 마시게나.”

“감사합니다.”

목이 말랐다고 한 말이 그냥 인사치레였던지 입술만 살짝 축인 김수국이 손에 들고 있던 대봉투를 건네주었다.

“오늘 경매에 입찰한 자들의 명단입니다.”

“용케 구했군그래.”

“하하하. 언더머니 덕분이었던 것이지 제 능력이라 할 수가 없습니다.”

“담당자를 구워삶는 것도 능력에 속하지.”

무슨 일을 하든 돈만으로는 해결되지 않는다는 얘기다.

더구나 결코 유출이 되어서는 안 되는 기밀 서류를 빼내는 일이라면 더 그렇다.

입찰자의 명단이 기밀 서류에 속하는 것은 그들의 인적 사항 외에도 개인은 재산 현황 기업은 자금 현황을 유추할 수 있는 것은 물론 향후 또다시 경쟁할 일이 생겼을 때 유리한 입장에 설 수 있는 근거 자료가 되기 때문이다.

하나 무엇보다 더 심각한 점은 범죄에 악용될 소지가 있다는 것이 더 치명적이다.

바로 파이낸싱 스타가 명단을 손에 넣었다는 점이 그 시작을 알리고 있다고 봐야 했다.

“미스터 킴, 이거 받게.”

“예? 뭐, 뭡니까?”

체프먼이 봉투 하나를 건네자 김수국이 눈을 멀뚱거렸다.

"수고했으니 보너스를 줘야지. 난 직원이라도 업무 외의 일에는 반드시 대가가 따라야 한다고 보네. 그리고 이건 지난번 일도 포함이 된 보너스이기도 하네."

김성택 등을 만나 일을 처리한 것을 두고 하는 말이지만 입찰자 명단을 빼 온 것에 대해 입에 자물쇠를 채우라는 뜻이 더 강한 뉘앙스다.

굳이 말하지 않아도 그 속뜻을 모를 리가 없는 김수국이다. 김수국도 미국 유학파 출신의 영재였던 것이다.

"잘 쓰겠습니다. 그럼."

남은 커피를 단번에 들이켠 김수국이 자리에서 일어나 꾸벅 인사를 하고는 집무실을 나갔다.

"체프먼, 입찰자 명단이라니! 자네…… 어쩌려고 그러나?"

"어쩌긴? 목표를 향해 나아가기 위한 수단이지."

"그렇다고……."

설레설레.

"거기까지."

"……!"

대꾸를 하던 마이클이 머리를 저으며 오른손 검지까지 세워 좌우로 흔드는 체프먼을 보고는 말을 멈춰야 했다.

'이런! 그게 그렇게 화를 낼 일인가?'

마이클은 체프먼과 호건이 저러는 이유를 알고 있었다.

다름이 아닌 적지 않은 돈을 들여 가며 담합에다 역공작까지 했음에도 불구하고 실패한 경매 때문이다.

두 사람은 개인이든 단체든 누군가가 개입해 장난을 치고 있다고 여긴 것이다.

그것도 두 번씩이나.

엠머타워도 그랬지만 이번 경매 역시 실패나 마찬가지라고 해도 과언이 아니어서 두 번이라 해야 맞다.

이는 세계 곳곳을 누비며 이윤을 취해 오던 수많은 경험을 통해 얻어진 감각에 의한 의심이었다.

이윤을 보자고 하는 사업에 원하는 이윤을 창출하지 못했다면 그건 실패한 사업이다.

의심이 들면 곧바로 조치에 나서는 것이 체프먼이 여태껏 취해 온 행동 패턴이었다.

한데 한 번쯤은 더 시험해 볼 여력이 있음에도 체프먼은 숨겨 놓은 칼을 들려 하고 있다.

그 전초가 바로 경매 입찰자들이 적혀 있는 명단이다.

지금 호건이 열심히 살펴보고 있는 중이었다.

호건의 역할 중 하나가 저런 것이다.

이렇듯 세 사람은 각자가 맡은 역할이 있었다.

체프먼이야 파이낸싱 스타의 한국 지사 대표로서 대내외적인 업무의 총책을 맡은 인물이다.

호건은 기존의 업무는 물론 체프먼이 지시하는 업무 외적인 일까지 관여하고 있었고, 마이클 자신은 전적으로 수익 사업에 한해서만 올인하고 있었다.

'곤란하군.'

입이 달싹거렸지만 갑자기 바뀌어 버린 체프먼의 기색에 선뜻 말을 할 수가 없었다.

하지만 지사 대표인 체프먼을 보좌할 의무가 있는 마이클은 결국 입을 열고 말았다.

"체프먼, 너무 이르지 않은가?"

"천만에. 싹이 너무 자라면 골치만 더 아파져."

"아직 확인된 바가 없지 않나?"

"이봐, 마이클."

"……?"

"습관이란 놈이 참으로 묘하더군."

"엉? 무슨 말이야?"

"쯧. 나쁜 습관은 몸에 쉽게 배지만 좋은 습관은 몸에 새기기가 정말 어렵단 말이야."

"……?"

으레 해 오던 것처럼 저 말은 악역을 마다하지 않겠다는 소리임을 모르지 않는다.

더구나 이미 결정된 일이라면 더 대꾸해 봐야 의만 상할 뿐이라 얼굴에 의문부호만 드러낸 채 입은 열지 않았다.

"잘 알겠지만 난 쉬운 길을 두고 굳이 어려운 길을 택해서

가고 싶지는 않아.”

“그렇긴 한데…….”

체프먼이 하는 말의 뜻을 짐작했는지 마이클의 안색이 급격히 어두워졌다.

사업에 방해되는 자는 수단과 방법을 가리지 않고 처치하겠다는 최후통첩이나 마찬가지인 말이었다.

이를테면 만약 파이낸싱 스타의 사업을 방해하는 자들이 있다면 그 어떤 조치도 불사하겠다는 것이다.

‘젠장, 결국…….’

“마이클, 새삼스럽게 왜 그러나? 으레 해 온 일인 걸 가지고. 자넨 다른 곳에 신경 쓰지 말고 자네 일만 하면 돼.”

“그야…… 후우! 알았네.”

마지못해 대답한 마이클의 뇌리로 떠오른 것은 파이낸싱 스타의 사업에 해결사 노릇을 하는 어둠의 파괴자였다.

‘결국 플루토가 오는 건가.’

플루토Pluto.

그리스인들의 뇌리에 공포로 자리 잡은 저승의 신을 말한다.

의미에서 보듯 파이낸싱 스타의 업무 중 제도권에서 해결하지 못하는 문제를 해결사를 통해 음지에서 마무리를 하는 방식의 최일선에 서는 자들인 것이다.

물론 플루토란 이름 자체가 파이낸싱 스타만의 비밀이지

대외적으로 알려진 바가 없는 조직이다.

단지 무리한 방식으로 낙찰받는 행위라든가 또는 종종 폭력이 동반된 사건 뒤에 파이낸싱 스타가 등장해 해결하는 사안을 두고 외투사들이 하는 말이 있을 뿐이다.

바로 국제 깡패가 그것이다.

외투사들이 그렇게 부르는 이유가 모두 그런 연유에서 기인하고 있기 때문이다.

쉽게 말해서 이번 경매에 수작을 부린 자를 찾아 조져 버리겠다는 것이다.

그렇게 잠시 침묵이 이어질 때 호건이 입을 열었다.

"체프먼, 찾았어."

"호오! 찾았다고?"

"찾는 건 그리 어렵지 않았어."

"누구누구야?"

"일일이 확인해 봐야 정확한 사정을 알 수 있겠지만 내가 의심되는 곳은 다섯 군데야."

"그래? 어디 좀 볼까?"

"여기…… 형광펜으로 표시를 해 놨어."

호건이 건네주는 서류를 본 체프먼의 눈에 들어온 명단은 이러했다.

2,222억-신밧드금융(종로구 서린동 **)

2,301억-한문영(성북구 성북동 ***-**)

2,513억-(주)센추리홀딩스(강남구 삼성동 ***-**)

2,900억-여정수(영등포구 여의도동 **-* 백주아파트 1*1동 15**호)

3,000억-(주)한일금융(영등포구 여의도동 **-**)

"흠. 모두 1억 7천만 달러 이상을 써 넣은 곳이로군."

"1차적으로 좁혀 본 명단일 뿐이야. 거기서 못 찾으면 명단에 있는 자들 모두를 의심 대상으로 보고 조사를 해 봐야 해."

"기껏해야 50명 정도밖에 되지 않으니 시간은 오래 걸리지 않겠군."

"그래도 문제가 없는 건 아냐. 물론 잘 알겠지만."

"알아. 폭력이 수반돼야 하는 일이니까. 하지만 알아서 하지 않겠어?"

"여긴 코리아야. 세계에서 치안이 가장 잘되어 있다고 알려진 코리아라고."

"플루토 대원은 차원이 달라."

"알지만…… 아무튼 완벽한 기회를 노려야 할 거야."

"흣! 살을 찢고 뼈를 비트는 데야 제아무리 독심을 가진 자인들 견딜 수 있겠어?"

"물론 견딜 수 없지. 하지만 그런 것들이 쌓이다 보면 사회문제가 돼서 자칫했다간 사업을 접어야 할지도 모른다구.”

“나도 그 정도는 알고 있으니까 일단 시작부터 해 보자고. 본사 시크릿팀에 전화 넣어.”

“아, 알았어.”

체프먼의 말에 휴대폰으로 전화를 거는 호건을 쳐다보던 마이클은 ‘쿵!’ 하고 심장이 떨어지는 것만 같은 기분이었다.

‘쯧! 쓸데없는 오기가 일을 키우는군.’

BINDER BOOK

현금을 노려라

(주)케이알유의 TF팀 사무실.

오전 7시부터 시작된 미팅이 한창 열기를 띠고 있던 와중에 송동훈에게서 행정연구원 측의 말을 들은 담용이 이맛살을 찌푸리며 되물었다.

“뭐? 따로 매입을 맡긴 부동산 회사가 있다고요?”

“예. 레플리라고…….”

“레플리? 거긴 또 뭐 하는 곳입니까?”

“쿠시먼과 같이 미국에서 들어온 부동산 회삽니다.”

“그래요? 난 못 들어 본 곳인데…….”

시간을 거슬러 온 담용이지만 그렇다고 해서 모든 것을 다 알 수는 없었다.

"흠. 레플리 측과 전속 계약을 한 건가요?"

"담당자인 정한수 과장이 말하는 걸 보면 전속 계약까지는 하지 않은 눈친데 사옥 매입 문제는 직원들이 자꾸 개입하게 되면 곤란하다면서 무조건 레플리 측과 얘기하라더군요."

"뭐, 그렇다고 칩시다. 어떻게 하기로 했어요?"

"때마침 정 과장에게 우리의 정보를 들었는지 어제저녁 레플리 측에서 제의를 해 왔습니다."

"흣! 발 빠르게 움직였군. 어떤 제의입니까?"

"공동으로 행정연구원 사옥을 구하는 작업을 했으면 하니 잠시 방문해 달라고 하는 것을 생각해 보겠다고 했습니다."

"각자의 수수료는 간섭하지 않는 조건이라면 상관이 없지 않나요?"

"후훗, 천만에요. 석세스가 될 경우에 합산해서 나누자고 하는데 전 거기에 응할 생각이 추호도 없거든요."

"쿡! 도둑놈들."

"하핫. 레플리 측에서는 행정연구원에서 나올 돈이 없으니까 그런 제의를 해 오는 것이 당연하겠지요. 하지만 전 하는 일 없이 숟가락만 얹겠다는 태도가 괘씸하더군요."

"내 생각도 그래요. 아마도 정 과장과 레플리 사이에 모종의 거래가 있을 것으로 여겨지네요?"

"그럴 수도…… 아니, 틀림없을 겁니다."

충분히 있을 수 있는 애기다. 물건은 많고 매입자는 드문

시기이니 매입 자금만 들고 있으면 장땡인 시절이다.

아마도 전국에서 수도 없이 많은 물건을 들고 제발 사 달라며 매달릴 것은 명약관화한 일.

반면에 호불호가 명확한 시기이기도 한 요즘이라 조금이라도 마음에 들지 않는 구석이 있다면 냉정하게 돌아서기도 하는 시기이기도 하다.

"송 과장님 생각은 어때요?"

"제 생각을 물어본다면 단연 No입니다."

"그렇게 자신하는 이유는요?"

"송담빌딩 측과의 전속 계약 기간이 3개월입니다. 그런데 올해 말까지 사옥 이전을 해야만 하는 행정연구원은 급하지요. 그런 사정인데 우리가 굳이 힘 있는 매수자 측이라고 해서 매달릴 필요가 없다는 겁니다."

"야야, 송 과장!"

"왜?"

"지금이 8월이니 12월까지는 아직 4개월이나 남았잖아? 전속 계약 기간과는 한 달 정도 여유가 있지 않…… 아아, 마이 미스테이크 아임 쏘리! 미안, 미안, 미안. 헤헤헷."

안경태가 할 말을 미처 끝내지도 못하고 중간에서 급히 사과로 마무리하며 어색하게 웃어 댔다.

"풋! 싱거운 놈."

말은 그렇게 했지만 송동훈도 안경태가 무슨 말을 하려고 했는지를 모르지 않았다.

안경태의 말은 전속 계약 기간이 3개월이면 11월에 끝나니 12월까지 사옥 이전을 끝내야 하는 행정연구원에 시간 여유가 있지 않겠느냐고 반박하려다가 생각을 해 보니 한 달밖에 남지 않은 시일이 너무 촉박함을 뒤늦게야 알고는 슬며시 꼬리를 내린 것이다.

이 모두 매수자 측이 워낙 강세를 보이는 시절이어서 나온 반응이었다.

"안 과장이 말하고자 하는 의도를 모르는 것은 아니지만 무슨 일이 벌어지든 시간은 충분하다고 생각해. 정부 산하에 있는 모든 부처가 다 그렇겠지만, 행정연구원 역시 올해 지원해 주는 예산이 마지막이야. 그것도 올해 할당된 예산을 12월까지 다 소비해야 하는 급박한 사정이지. 그렇지 않으면 반납해야 하거든. 그리고 난 여태까지 남는 예산을 반납한 부처가 있었다는 것을 들어 본 적이 없어."

"맞아. 멀쩡한 보도블록을 부숴서라도 예산을 소비해 대는 판국에 반납이라니? 어림도 없는 소리지."

이제는 누구나 다 아는 케케묵은 얘기가 되어 버린 일을 안경태가 새삼스럽게 까발렸다.

"행정연구원에서 레플리의 편을 들어주더라도 팀장의 말처럼 건물 중앙에 기둥이 없는 빌딩을 찾기는 쉽지가 않아. 설사 찾는다고 하더라도 매각 물건이 아니라면 시간만 허비하는 꼴이지. 그리고 텅 비어 있는 건물이 아니라면 임차인이 사무실을 비워야 할 시간도 필요하고. 그러니 이래저래 어려운 일이라는 거야. 고로 한 달의 여유는 건물을 매입해서 입주하기까지 빠듯한 시간이라는 거지. 아니, 턱없이 모자란다고 생각해.”

“결국 송 과장 네 말은 행정연구원이 예산을 아끼려면 우리가 의도한 대로 끌려 올 수밖에 없다는 말이네.”

“뭐, 상대방의 약점을 가지고 우월적 위치에 서서 뒤흔들자는 건 절대로 아니야. 난 단지 레플리 측이 돈을 벌게 될 경우 그 돈이 우리나라 경제에 도움이 되지 않고 해외로 빠져나가는 것이 싫은 거야.”

짝짝짝.

“좋아요. 그 문제는 송 과장님 생각대로 하는 게 좋겠네요. 문제가 생기면 팀에서 적극적으로 힘이 되어 줄 테니까 소신껏 밀고 나가세요.”

“하하핫! 팀장님이라면 내 말을 이해해 줄 줄 알았지요. 감사합니다.”

“대신 송담빌딩 측을 확실하게 잡고 있어야 합니다.”

“아! 그건 염려 마십시오. 여기…….”

송동훈이 맞은편에 앉은 설수연을 쳐다보더니 빙긋 웃었다.

“건물 소유주는 설 과장이 꽉 틀어잡고 있으니까요. 하하핫.”

"어머! 아, 아녜요. 어르신이 그냥 저를 예쁘게 봐주시는 것뿐이에요."

송동훈의 농이 섞인 말에도 손사래까지 쳐 대며 극구 부인하는 설수연의 눈초리가 돌연 쌍심지가 한껏 켜진 도끼눈으로 변했다.

당연히 그 가자미눈이 향한 곳은 송동훈이다.

'이크!'

내심 흠칫한 송동훈이 코너에 몰린 것을 무마하려고 크게 웃어 댔다.

"아…… 하하핫! 그만큼 꽉 잡고 있어서 누가 와도 마음이 흔들리지 않을 것이라는 뜻이었어. 그러니 오해하지 마."

"흥!"

콧등이 날아가도록 코웃음을 치며 팩 돌아서는 설수연의 태도에 송동훈이 어깨를 슬쩍 추켜세우더니 말을 이었다.

"팀장님, 송담빌딩의 건물주이신 하 사장님은 믿을 만한 분이시니까 걱정하지 않아도 됩니다. 처음부터 종이쪼가리보다 자기 말을 더 믿으라고 한 사람이니까요."

"흠, 그렇게 장담한다면 계속 수고해 주고…… 용두동 건은 어때요?"

용두동 건은 GC제약이 사옥 이전을 하면서 본사와 같이 내놓은 강북의 연구원이었다.

"GC 연구원 건물은 인근의 학원과 얼추 얘기가 끝난 상태니 조만간 결론이 나올 겁니다. 그때 가서 말씀드리죠."

"알았어요. 그리고 계약 진행 중인 것들은 모두 체크해서 잔금까지 차질이 없도록 점검하세요."

"알겠습니다."

"좋습니다. 이따가 다음 할 일을 드리지요. 다음은…… 아, 한지원 과장님의 의견을 한번 들어 볼까요?"

"예. 저와 안경태는 기존에 걸려 있는 세곡동 토지와 신갈의 GC제약 건 그리고 곧 잔금일이 돌아오는 명문빌딩을 마무리할 예정입니다."

"아! 맞다. 명문빌딩에 가게 되면 지창수 여사에게 안부 좀 전해 줘요."

"알겠습니다. 다음은 오도빙딜 건인데 그건 저보다는 우리 고미옥 씨가 말씀드리는 게 더 낫겠습니다. 고미옥 씨, 말씀드리세요."

"네! 조장님."

"하하하! 고미옥 씨의 얼굴이 밝은 걸 보니 좋은 일이 있나 봅니다."

"호호홋. 맞아요. 팀장님이 맡겨 주신 일을 해낸 성취감 때문이거든요."

"오호! 그럼 어디 들어 볼까요?"

"네. 종로구 평동에 위치한 오도빌딩의 제원은 미팅 전에 나눠 드린 서류에 있으니 참고하시면 되겠고요. 마침 찾아간 때가 적절했는지 운이 좋게도 오도물산의 관리이사님을 뵐 수 있었어요."

"호오! 관리이사를 만났다고요? 벌써 말입니까?"

"네. 사실은 로비에 들어서자마자 만난 분인데 제가 한눈을 팔다가 그만 부딪치고 말았어요."

"아! 저런!"

"그분이 덩치도 큰 데다 워낙 세차게 부딪치는 바람에 제가 넘어져 버렸거든요."

"어? 다치진 않았나요?"

"네. 제가 이래 봬도 건강 하나만큼은 자신이 있다구요."

고미옥의 말처럼 그녀는 글래머라 부를 정도로 몸이 튼튼하긴 했다.

"후후훗! 그것이 인연이 된 거로군요."

"네. 그분이 미안해하면서 어떻게 왔냐고 묻기에 명함을 건네 제 신분을 밝히고는 총무부를 찾아가는 길이라고요."

"흠. 그래서요?"

"자기가 데려다 주겠다며 따라오라고 해서 따라갔죠. 그분은 엘리베이터를 타고서야 자신의 신분을 밝히면서 무슨 일로 왔냐고 묻더군요. 그래서 혹시 비업무용 자산을 매각할 계획이 있을까 하고 방문했다고 했죠."

"하하하. 그랬더니요?"

"만약 비업무용 부동산이 있다면 팔아 줄 자신이 있느냐고 하기에 자신이 있다고 했죠, 뭐.”

“잘했어요. 하면 애프터가 있었겠는데요?”

“네! 우선 몇 가지 비업무용 물건을 주면서 밸류에이션을 해 오라고 하더군요. 그런 다음에 익스크루시브 컨트랙트 exclusive contract(전속 계약)에 관해 의논해 보자고 하대요?”

“관리이사의 입에서 그런 말이 나왔다고요?”

“그럼요.”

‘이상하군.’

담용이 어렴풋이 기억하기로는 이쯤에서 오도물산이 법정 관리에 들어가는 것으로 알고 있었는데, 자신이 잘못 알고 있었던지 아직은 여유가 있는 듯했다.

‘쯧. 관심이 조금이라도 있었다면 기억할 수 있었을 텐데…….’

지난 삶에서 자신과 전혀 관련이 없었던 회사라 기억의 전 도체를 건드려 보아도 도무지 생각나는 게 없었다.

하지만 자신할 수 있는 점은 시기가 문제인 것이지 법정 관리를 신청하는 것만은 확실했다.

법정 관리.

누차 얘기를 하지만 부도를 내고 파산 위기에 처한 기업에게 법원이 회생 가능성이 보이는 경우에 한해 제삼자를 지정해 자금을 비롯한 기업 활동 전반을 대신 관리하는 제도이다.

이때 부도를 낸 기업주의 민사상 처벌이 면제되고, 채권자는 모든 채무가 동결된 만큼 채권 행사에 제약을 받는다.

'어라? 이건……?'

고미옥이 제출한 서류를 뒤져 보던 담용은 별도로 별 표시를 해 놓은 항목의 물건에 눈이 번쩍했다.

오도물산 사옥과 방배동 물류 창고에 관한 제원이었다.

"고미옥 씨, 여기 제출된 서류에 보면 오도물산 본사 사옥과 방배동 물류 창고가 있는데 이것도 비업무용 부동산이라고 했습니까?"

"그렇지 않아도 물어봤는데, 그건 그냥 가치가 얼마나 되는지 알아보고 싶다고 했어요."

'훗! 그러면 그렇지.'

아직은 쉽게 속내를 외부에 노출시키지 않으려는 수작임을 알 수 있는 부분이었다.

"흠, 위치가 좋아 가치가 있는 물건들이니 가치 평가액을 빨리 뽑아 보도록 하세요."

"그렇지 않아도 그럴 생각이에요. 그런데……."

"궁금한 것이 있으면 주저하지 말고 물어보세요."

"큰소리는 땅땅 쳐 놨는데…… 매입자가 있을지 그게 걱정이에요."

"하핫. 그런 건 걱정하지 않아도 됩니다. 살 사람은 널려 있으니까요."

"호호호. 그렇죠?"

"그럼요. 그러니 염려 마시고 마무리를 해 놓으세요."

"알겠어요."

"안 과장님!"

"예, 팀장님."

"당분간은 고미옥 씨와 같이 움직이면서 도와주도록 하세요."

"알겠습니다."

"다음은…… 유 선생님 차례군요."

"예. SG모드는 영암의 목장 건에 관한 양해 각서 준비를 모두 끝내 놓았습니다. 그리고 역삼동에 있는 토지와 종로에 있는 건물 역시 영암목장이 계약되는 대로 매각하겠다는 확약을 받았습니다."

"수고하셨습니다. 아마 늦어도 8월 12일까지는 MOU가 체결될 것입니다."

"8월 12일이면……."

"다음 주까집니다."

"그 정도면 화의 신청 마감 시한으로 보아 충분하지 싶습니다."

"그럴 겁니다. 그리고 제이넷 방송국 건도 신경 써 주십시오."

"염려 마십시오."

"그럼 오늘은 이만하지요. 모두들 수고했습니다."

"팀장님도 수고하셨습니다."

"수고가 많으셨어요, 팀장님."

"감사합니다. 오랜만에 식사를 같이하는 건 어때요?"

"좋아요!"

"히히히. 물론 팀장이 쏘는 거겠지?"

미팅이 끝나자마자 안경태가 편한 말투로 바꾸었다.

"안경태. 미안해서 어쩌지?"

"엉? 왜?"

"팀 운영비로 계산할 거거든."

"윽! 그렇게 되면 짠순이 설 과장이 오천 원짜리 음식 이상은 절대 못 먹게 하는데, 괜찮겠어?"

"후훗! 짜식, 내가 설 과장에게 팀 살림을 괜히 맡겼겠냐?"

"젠장. 좋다가 말았네."

"그게 아쉬우면 네가 사든가?"

"이거 또 왜 내 깃털 같은 주머니를 건드리려고 하시나?"

"그럼 국으로 가만히 있든가."

"에이 씨. 팀장이 돼 가지고 쫀쫀하게 굴기는……."

"꼬우면 네가 팀장을 해, 인석아."

"어머머! 안 과장이 팀장을 하게 되면 우린 다 굶어 죽으라고요? 그건 절대로 안 돼요!"

"우쒸. 설수연! 그거 나 욕하는 거지?"

"어머! 아닌데."

“그럼 뭔 소리야?”

“네가 사 주는 점심을 먹어 봤으면 해서 한 말이었어.”

“에이 씨.”

오후 3시 경의 양재동 서초구청 인근의 커피숍.

헌팅캡에다 두툼한 뿔테 안경을 쓴 사내가 커피숍의 문을 거침없이 열고 들어서더니 잠시 실내를 두리번거렸다.

점심시간이 한참이나 지난 실내는 비교적 한가해 이내 목적물을 찾을 수 있었는지 발걸음을 빨리해 안쪽 구석으로 향했다.

헌팅캡의 사내의 걸음이 멈춘 곳은 슬림하면서도 깔끔한 세미 정장 차림의 호리호리한 사내가 앉아 있는 자리였다.

‘흣! 멀대의 말대로 기생오라비 같은 작자로군.’

헌팅캡의 사내 즉 담용이 상대를 대하며 느낀 첫 인상이었다.

살짝 변장한 이유는 지금 만나는 사내에게 자신의 진면목을 보여 주지 않기 위해서였다.

“당신이 제비라는 별명을 가진 장강식 씨요?”

목소리도 톤을 살짝 깔아 더 굵직한 음색으로 바꾼 담용이다.

"그, 그렇소만…… 혹시 진기명 씨?"
"내가 진기명이오."
완벽을 기하려는지 이름까지 바꿔서 말한 담용이 의자를 끌어당겼다.
"좀 앉아도 되겠소?"
"그럼요. 앉으십시오. 잠시 실례하겠소."
장강식이라 불린 사내가 카운터로 가더니 잠시 후 냉커피 두 잔을 가져왔다.
"더워서 갈증이 나실 테니 먼저 마시고 얘기합시다. 그 정도 시간은 있으니까요."
"고맙소."
정말로 갈증이 났던지 담용이 시원스럽게 들이켜자 커피 잔은 금세 바닥을 드러냈다.
"멀대, 그 친구에게 얘기는 들었겠지요?"
"어? 멀대를 아시오?"
"아니요. 몇 다리 거쳐 온 녀석이 그 이름을 대면 된다고 해서요."
"그러면 그렇지. 아무튼 멀대 말이 이번 일을 믿고 맡길 수 있는 확실한 분이라고 하더군요."
"아마 결과는 더 만족해할 거요."
"그러면 나야 좋지요. 근데 긴히 할 얘기가 있다고요?"
"그렇소. 중요한 얘기고 반드시 해야만 할 일이라 잠시 보자고 했소."

"뭡니까? 저도 매인 몸이라 빨리 들어가 봐야 하니 본론으로 들어가지요."

"그럽시다. 강남의 사채업자들이 뭉쳤다고 했지요?"

"예. 어쩐 일인지 예전과는 다르게 활기에 차 있습니다만 전 아직까지 왜들 그러는지 그 이유를 모르겠습니다."

"제가 그들이 그러는 이유를 알고 있어서 보자고 한 겁니다."

"예? 안다고요?"

"난 쓸데없는 말은 하지 않는 사람이오."

"아! 미안하오. 자세히 좀 들을 수 있겠소?"

"멀대를 통해 전달해 온 친구가 하도 부탁을 하기에 내 정보 라인을 가동해 좀 알아봤지요. 그러다가 강남의 사채업자들을 상대로 야쿠자가 사기를 치려 한다는 정보를 입수하지 않았겠소?"

"헉! 야, 야쿠자가 사기를 치려 한다고요? 그, 그게 정말이오?"

"확실하오! 놈들은 광화문에다 도해합명회사라는 껍데기 회사를 만들어 놓고 기회를 노리고 있는 거요. 당장이라도 가서 확인하면 간판을 볼 수 있을 거요."

"야, 야쿠자들이 왜……?"

"뭐, 그자들이 개입한 지는 제법 오래됐으니 새삼스러운 일도 아니오. 다만 사채업자들이 대부분 종로와 명동에 몰려 있다 보니 강남에는 소식이 좀 늦게 전해졌겠지만 말이오."

"나 참, 야쿠자라니…… 좀 자세히 말해 보시오."

"야쿠자 측에서 강남의 전주들에게 돈을 추렴해서 자신들에게 투자를 하라고 한 거라오."

절레절레.

장강식이 입을 비죽거리며 고개를 흔들었다.

"그건 좀 믿기 힘들군요. 그분들이 어떤 사람들인데 그 한마디에 냉큼 따른단 말이오? 어림도 없는 소리요."

"내 말은 틀림없소. 야쿠자 측에서 2,000억이란 돈을 마련해 놓고 사채업자들에게 자신들의 사업에 투자하라고 했으니 말이오."

"이, 이천억요?"

"그렇소. 하지만 현재까지는 말뿐인 2,000억이오."

"야쿠자라면 2,000억 정도야 금세 마련하겠지요."

"천만에. 한국에 들어와 있는 놈들은 돈이 한 푼도 없는 상태요."

"엑! 돈이 없다니! 그게 대체 무슨 말이오?"

"드라공 루팡이란 자에게 몽땅 다 털렸으니까."

"드, 드라공 루팡요?"

"쉬쉬하고 있지만 그런 사람이 있소. 그것도 금액을 환산할 수 없는 엄청난 금괴를 비롯해 채권, 현찰 할 것 없이 몽땅 드라공 루팡이 가져갔단 말이오."

"허어. 믿기지가 않는군요."

드라공 루팡이란 이상한 이름도 그렇고, 도무지 감이 잡히지 않는 꿈같은 소리만 해 대니 장강식으로서는 이해가 잘 안 가는 내용뿐이었다.

"믿고 안 믿고는 중요하지 않소. 다만 내 말이 정확하다는 것만 알면 되오. 내가 몸담고 있는 도수盜手의 세계는 장형이 모르는 부분이 너무나 많소. 그러니 더 알려고 하지 마시오."

담용은 자신이 대도大盜라는 모종의 단체에 소속되어 있음을 스스로 밝힘으로써 신비주의를 더했다.

'춘분이 이놈 이거…… 대체 누굴 보낸 거야?'

도수의 세계라니!

생전 듣지도 보지도 못한 단체다.

문득 멀대가 한 말이 생각나는 장강식이다.

—강식아, 나 역시 우연히 알게 된 끄나풀을 통해 연락이 닿은 사람들이다. 그리고 그자들에게 너를 만나 보라고 알려만 줬지 이름도 얼굴도 모른다. 그러니 혹여 일이 잘못되더라도 나를 아무리 추궁해 봐야 나올 게 없다. 단지 일이 잘 끝났을 때 몇 푼 얻어먹을 뿐이다. 단 여태껏 실패한 적이 없는 작자들이라는 건 장담할 수 있다. 신용도 칼 같은 사람들이다. 왠지 알아? 신용은 이 사람들의 재산이라 할 수 있으

니까. 그래야 정보를 계속 수집해 영업을 할 수 있거든. 여기까지. 수고해라.

사채업과 도둑들의 세계.

매치가 전혀 되지 않는 완전히 다른 업종이다.

잠시 생각에 잠겨 있는 사이 상대의 말이 귓속을 파고들었다.

“그래서 말인데, 장강식 씨가 수고를 좀 해 줄 일이 있소.”

“뭐, 뭡니까?”

“도해합명회사의 대표는 혼토 우에하라라는 작자요.”

“혼토 우에하라요?”

“들어 본 이름이오?”

“아니오. 다녀갔다면 얼굴을 알지 모르지만…….”

“그 작자가 한국에 들어온 야쿠자들의 오야붕이오.”

“오, 오야붕!”

평소 꼬붕이란 말과 함께 허드레 소리로 자주 입에 달고 살았던 용어였지만 실제로 듣게 되자 어딘가 거부감이 드는 기분인 장강식이다.

“혼토가 나서지 않을 때는 측근인 하세가와라는 작자가 나설 수도 있소. 이 작자는 제일교포 3세요. 그도 아니면 재정 담당인 야마시타가 나설 수도 있소만 이번 일은 워낙 중대한 일이라 혼토가 직접 나서기 쉽소. 아! 혹시 몰라서 하는 말인데, 희박한 일이긴 하지만 사토 요시오라는 여자 오야붕이 나설 수도 있소."

'헐! 여자 오야붕까지?'

듣자니 점입가경이다.

'이 작자…….'

장강식은 담용의 말이 구체적인 데다 일본인들 이름까지 줄줄 읊어 대자 한 자락 깔고 있던 의심이 핫바지 방귀 새듯 슬며시 사라지는 것을 느꼈다.

담용도 그런 심리를 노리고 그의 성격에 걸맞지 않게 장황한 말을 꺼내 놓은 참이었다.

이번 일이 성공하려면 장강식으로 하여금 자신을 완전히 믿도록 하는 것이 선결 과제였기 때문이다.

한자락 의심까지 놓아 버린 장강식이 조금은 심드렁해하던 눈빛까지 바꾸며 본격적으로 물어 왔다.

"하면 내가 할 일은 뭐요?"

"후후훗. 우리에게 수표나 자금표, 혹은 은행에 예치된 돈이 필요한 건 아닐 거요. 그렇지 않소?"

"당연하오."

기다리고 기다리던 말이었다.

"그래서 하는 말인데, 현금을 모을 방법을 알려 드리겠소."

"어, 어떻게? 모두 약정서를 교환한 후 계좌 이체를 생각하고 있던데요?"

장강식도 이 문제로 고민하던 참이었으니 정신이 번쩍 들었다.

"훗! 당신이 모시고 있는 전주에게 말해서 혼토 우에하라에게 자금을 정말 보유하고 있는지 확인을 해 보라고 하면 일은 간단하게 해결되오."

"그게…… 자금을 확인했는지는 모르지만 단단히 믿고 있는 눈치라……."

과연 그 말이 먹혀들지는 알 수 없다는 소리다.

"요즘 일본 자금이 많이 돌아다니다 보니 무조건 믿고 보자는 식의 풍조가 만연한 거야 알지만 그렇다고 허투루 대했다가는 큰코다칠 수도 있소."

"그건 맞는 말이오. 거기에 일본인이라고 하면 으레 돈이 많은 것으로 인식되는 시기이니 의심을 하려고 들지 않는 것이 문제요."

"더군다나 소개를 해 준 자가 믿을 만한 자라면…… 아참! 당신 전주에게 소개를 해 준 자를 알고 있소?"

"알지요. 거기에 관한 심부름은 주로 제가 하고 있으니 웬만한 건 다 알지요."

"그가 누구요?"

"명동의 최천식 회장이오."

"최천식?"

"그렇소. 잘 모르긴 해도 명동의 사채업계에서는 가장 큰

손일 거요. 그 사람도 이번에 1,000억을 투자한다는 말이 돌고 있소."

'헛! 천억!'

달랑 한 사람의 투자액이 1,000억이라면 생각한 것보다 어마어마한 자금이 모일 것 같은 예감에 담용의 심장박동이 조금 빨라졌다.

"이상하군요. 명동의 최천식이 강남에 합류한 이유라도 있소?"

"아! 최 회장은 명동에 사업체를 둔 오카모토 미노루라는 일본인 사업가의 소개로 그자를 만났던 거요. 아까 그……."

"혼토 우에하라?"

"맞소. 내가 이름은 몰라도 사채업자들이 모임을 가졌을 때 다녀갔다면 얼굴을 보면 알 수 있소."

'흠. 하세가와가 왔을 수도 있지. 그자가 한국 내의 사정을 잘 알아서 주로 움직이니까.'

"아무튼 서로가 그렇게 알게 된 건 사실이오."

"그렇군요."

묵묵히 고개를 끄덕이던 담용은 장강식의 말 중에 어딘가 귀에 익은 이름을 들은 것 같다.

다름이 아닌 오카모토 미노루라는 이름이다.

골똘히 기억을 더듬던 담용은 마침내 그 정체를 알아냈다.

'그래. 교쿠토 카이의 오카모토 미노루!'

도해합명회사의 사무실을 침입했을 때, 혼토의 책상 위 탁상 달력에 적혀 있던 이름이었다.

이 역시 야쿠자 단체로 오카모토 미노루는 쿄쿠토 카이에서 한국으로 보낸 책임자였다.

아울러 담용이 명동에 있는 오카모토의 사무실까지 찾아가서 800억에 달하는 무기명채권을 탈취해 온 전력까지 있었으니 모를 수가 없었다.

'흠, 일단 모른 체해야겠군.'

장강식은 이번 사건을 끝으로 두 번 다시 만날 이유가 없으니 말을 아끼는 것이 이롭다.

"크흠! 지금 혼토란 자는 사면초가에 빠져 있소. 자금을 몽땅 털렸음에도 불구하고 소환이 될까 봐 모리구찌구미 본부에 말도 못 꺼내고 있소."

"하, 하면 전주들의 자금으로 메꾸려 한다는 거요?"

"바로 그거요. 그러니 실제로 자금을 보유하고 있는지, 아니면 사채업자들을 안심시키기 위해 임시로 변통한 자금인지 확인할 필요가 있단 말이오."

"흠. 사실이 그렇다면…… 전주들이야 돌다리도 두드리고 건너는 사람들이니 말하는 것이야 어려울 것은 없는데…… 변통한 자금이라도 가지고 있다는 자체가 중요한 것 아니오?"

"돈이 없어 누군가가 잠시 빌려 준 자금표만 가지고 있는 처지라면 당신은 받아들이겠소?"

"그야…… 어림도 없지요."

"내가 접해 본 정보에 의하면 혼토는 한국에 진출해 있는 아오즈라뱅크가 아니면 노무라증권에서 자금표를 융통했을 확률이 크오."

"헐! 일이백 억도 아니고…… 대단하네요."

"일본의 야쿠자 조직은 정계뿐만 아니라 금융계 재계 할 것 없이 전 방위로 입김이 작용하는 조직이니 그 정도는 충분히 융통이 가능하오."

"그걸 밑천으로 강남의 사채업자들을 이용해 돈을 벌어 보자는 수작인 거로군."

"맞소. 그게 아니면 돈이 입금되는 즉시 들고튀든가. 하지만 돈을 들고튀지는 않을 거요. 그 돈으로는 어림도 없는 금액을 털렸으니 아마도 그걸 종잣돈으로 해서 사채놀이를 하든 어쩌든 수단과 방법을 가리지 않고 본전을 뽑으려고 할 거요."

"그 말은 결국 놈들이 땡전 한 푼 투자하지 않고 순전히 전주들의 돈만으로 사업을 하겠다는 거잖소?

"정확한 지적이오. 그러니 일단 자금표에 맞는 현찰을 보자고 하시오. 같이 투자하는 동업자가 확인해 보자는데 거절하면 모양새가 사납지 않겠소? 오히려 의심을 부추기는 것일 테니 말이요."

"그런 요구를 하려면 전주들도 현찰을 준비해서 동등한 입장이 돼야 할 겁니다."

장강식도 생판 바보는 아니었는지 제법 머리가 팍팍 돌아가는 작자다.

"진정으로 투자할 맘이 있다면 그래야지 않겠소?"

"으음. 2,000억을 현찰로 동원한다면 엄청난 부피겠는데요? 게다가 전주들이 지금 합의를 본 금액이 대충 3,000억으로 알고 있는데, 그걸 현찰로 바꾸면…… 헐! 오히려 돈을 풀어 놓을 장소가 문제가 되겠소."

"창고를 빌리고 또 현금을 마련하는 번거로움이 있더라도 자금을 확인하는 것만큼 중요한 일은 없을 거요."

"후후훗. 그때를 노리자는 거군요."

"은행에 예치된 돈이나 자금표 따위를 노릴 수는 없지 않겠소?"

"하하핫. 맞는 말이오."

"내가 이렇듯 장광설까지 해 가며 야쿠자들의 이름을 거론한 것은 얘기가 그럴듯해야 당신의 전주가 믿을 것 같다는 이유에서요. 그러니 놈들의 사무실이 있는 광화문의 약도를 그려 줄 테니 전주더러 가서 확인하라고 하시오."

그렇게 말하면서 탁자에 비치된 메모지에 약도를 그려 갔다.

"워낙 의심이 많은 작자들이라 틀림없이 광화문으로 가서 눈으로 확인해 볼 거요."

"두 번이나 털리다 보니 요즘 눈에 불을 켜고 경계를 하고 있을 테니 살필 때 조심하라고 하시오."

"그야……. 한데 정말…… 자신은 있는 거요?"

"최종 정보까지만 제공해 주면 실패하더라도 당신 몫은 있을 테니 염려하지 않아도 되오."

"거기까지는 바라지 않소. 그리고 돈의 규모가 워낙 엄청나서 10%의 몫도 너무 많으니 딱 50억만 주시오."

'후후훗. 불안한 모양이군.'

그럴 것이다.

세력도 없는 장강식이 스스로 욕심을 버리는 것은 자신의 안전을 위해서라도 분수에 맞는 돈을 받겠다는 뜻이었다.

"원한다면 그렇게 하지요."

"그럼 시간이 돼서…… 이만 일어나야겠소."

"그러시오. 여기 연락처도 같이 적어 놨소."

"수시로 연락하리다."

담용이 건네는 쪽지를 갈무리한 장강식이 자리를 벗어나더니 곧 담용의 시야에서 사라졌다.

BINDER
BOOK

정치권력과 연관되다

마포와 여의도 지역의 밤을 지배하고 있는 가든파의 신동구가 전화를 받다가 버럭 신경질을 냈다.

"뭐라고? 그 자식이 경호원을 고용한 것 같다고?"

—예. 방금 홍보좌관에게서 전화가 왔었습니다.

"인마! 근데 고용을 했으면 한 거지 한 것 같다는 말은 또 뭐야?"

—아! 고용했다고 합니다.

"이 자슥이! 땡벌, 똑바로 안 해?"

—죄송합니다.

"몇 명이나 돼?"

—두 명인 것 같다고 합니다.

"또오!"

—앗! 두 명입니다.

"씨불넘이! 자꾸 흐리멍덩하게 굴지?"

—시, 시정하겠습니다!

"한 번만 더 그랬다간 죽을 줄 알어."

—며, 명심하겠습니다.

"오늘 일정이 뭐래?"

—오전 9시부터 정보위원회 전체 회의가 있어 거기에 참석한답니다.

"그다음 일정은?"

—점심시간 전에는 돌아와서 지역구의 로타리클럽 회장과 점심 식사를 할 예정이라고 했습니다.

"어디서?"

"영등포시장에 있는 낙지전골집에 예약을 해 놓았다고 합니다."

"좋아. 사무실로 돌아갈 때 기회를 봐. 여의치 않으면 낙지전골집을 찾았을 때 해결하든지. 어떻게 생각해?"

—그건…… 대낮이고 사람이 많아서 곤란하겠습니다.

"그럼?"

—아무래도 밤에 린치를 가하는 것이 낫지 않겠습니까?

"인마! 여태 기회를 줬는데도 못했잖아? 벼엉신."

—죄송합니다.

“그 자식이 오늘도 국회에서 지랄을 떤 모양이다. 그 때문인지 조금 전 전화를 해서는 엄청 볶아 댔단 말이다. 그러니 더 이상 미뤄서는 안 돼!”

“아, 알겠습니다. 곧 처치하겠습니다.”

“좋아. 일이 커지면 곤란하니까 죽이지는 마라. 이 말 꼭 명심해라!”

—옛! 염려 마십시오.

“그래. 해결하는 대로 보고하는 것 잊지 말고.”

—알겠습니다.

탁!

통화를 끝낸 신동구가 마주 보고 앉은 두 사내에게 말했다.

“얘들아, 권 의원이 경호원 두 명을 고용했단다.”

“푸후훗. 보좌관 놈이 병원에 입원하니까 심장이 바짝 쪼그라들었던 모양입니다.”

“아니면 빨리 뒈지려고 환장을 했든지요. 쿠쿠쿠쿡.”

“씨불넘들. 생각하는 꼬라지들하고는…… 이 새끼들아, 어디 소속인지 알아봐야 할 것 아냐? 괜히 개들 다치게 했다가 안면이 있는 업체의 식구라도 된다면 돈이 들어가잖아?”

“뭐, 경호업체가 몇 군데나 된다고…… 금세 알아보면 되죠.”

“야야. 개차반, 내가 알아보고 올게.”

“얼레? 개구신, 네놈이 웬일이래?”

“짜샤, 이 성님이 그래도 너를 젤로 생각하니까 그렇지.”

"핏! 개풀 뜯어먹는 소리! 사무실 미스 진에게 껄떡거리려고 나가려는 걸 모를 줄 알어?"

"썩을 새끼. 걘 아직 풋내가 물씬한 앤데 무슨 말을 고따구로……."

"야야! 개구신!"

"예, 형님."

"미스 진, 걔…… 아직 얼라다. 대외용으로 채용한 애니까 점잖게 굴어. 만약 건드렸다가는 내게 죽을 줄 알어."

"어이구, 당연합죠. 그럼 싸게 다녀오겠슴돠."

잠시 후, 빨리 다녀온단 말처럼 개구신이라 불린 사내가 머리를 갸웃거리며 다시 들어왔다.

"형님, 우리가 아는 경호업체에서는 권 의원에게 아무도 보내지 않았다고 하는데요?"

"그래? 확실해?"

"예. 적어도 영등포구, 강서구, 마포구는 그렇습니다."

"그렇다면 거리낄 게 없겠네."

"그럼 이제 슬슬 도끼파 애들 구역을 접수하러 가지요."

"글쎄다. 도끼와의 의리가 있는데, 너무 이르지 않을까?"

"여태 기다려 준 걸로 도끼 형님에게 의리는 지켰다고 생각합니다. 언제 풀려 나올지도 모르는데 마냥 비워 놓을 수도 없지 않습니까?"

"형님, 개구신 말이 맞습니다. 마약은 그 어떤 범죄보다

죄질이 무겁습니다. 도끼 형님이 무려 10년을 구형받았다고요. 그 부하들도 3년 아니면 5년을 구형받았고요. 그러니 그동안 도끼 형님 땜에 눈치만 보던 놈들이 움직일 때도 됐습니다. 그도 아니면 전혀 엉뚱한 놈들이 치고 들어올지도 모르고요. 더구나 영등포에서는 제일가는 알토란 같은 자리가 아닙니까?"

"맞습니다. 형님, 여태 참은 것도 아까워 죽을 지경입니다."

"그라고요. 내년 초면 죄질이 비교적 가벼운 똘마니들이 풀려나옵니다만 그 자식들이 돌아온다고 해도 뭘 할 수 있겠습니까? 우리가 장악하고 있다가 아예 우리가 거두어 버리는 것이 도끼 형님에게 의리를 지키는 것이 아니겠습니까?"

"도끼 사무실에 나가 있는 똘망은 뭐래?"

"뭐, 한때 수상한 놈 몇이 왔다 갔다 하던 눈치더니 근래에는 코빼기도 안 보인다고 하네요?"

"형님, 지금이 딱 좋습니다. 그 지역을 접수한다고 해도 형님과 도끼 형님 사이를 아는 패거리 중에는 뭐라고 할 녀석은 없을 겁니다."

"흠, 알았다. 권영진 의원의 지역구라 조금 찜찜하긴 하지만…… 땡벌이 잘하겠지."

"그럼요. 땡벌 그놈이 좀 빠릿빠릿합니까?"

"그래도 모르니 너희 둘이 돌아가면서 주의를 주도록 해."

"알겠습돠."

국회정보위원회에 소속된 권영진 의원은 이날 있었던 전체 회의를 마치고 회의장을 빠져나와 주차장으로 향했다.

자신의 승용차로 다가오는 권영진 의원을 향해 검은 정장을 한 길은철이 꾸벅 인사를 했다.

"수고하셨습니다, 의원님."

길은철이 뒷문을 열어 주며 다시 물었다.

"사무실로 가실 겁니까?"

"그래요. 수고해 주시게."

"별말씀을요."

텅!

차문을 닫은 길은철이 운전대를 잡은 정태천에게 말했다.

"태천아, 사무실로 가자."

"오케이."

군 시절에도 차종을 가리지 않고 운전대를 잡았던 정태천이 길은철의 말이 떨어지는 순간, 액셀러레이터를 밟았다.

부르르릉.

애초 계획했던 것처럼 길은철과 정태천이 권영진 의원의 지근거리에서 밀착 경호를 하고 있는 것이다.

승용차가 출발했을 때 길은철이 무선 이어폰 마이크를 켰다.

치익.

“여기는 어미새, 어미새. 아기새 나와라. 이상.”

—여기는 아기새, 아기새. 어미새 말하라. 이상.

“어미새가 일터를 떠났다. 이상.”

—아기새 감 잡았다. 그대로 나와도 될 것 같다. 이상.

“어미새, 카피. 둥지로 간다. 송신 끝. 이상.”

—아기새. 카피. 이상.

틱!

길은철이 무전을 끝낼 즈음 차량은 정문을 지키는 의경들의 경례를 받으며 도로 즉 국회대로로 진입하자마자 우회전을 했다.

지역구 사무실이 있는 영등포로터리까지 걸리는 시간은 불과 10분 내외가 소요되는 지극히 가까운 거리다.

그렇게 잠시 순조로운 운행이 지속된다 싶더니 길은철의 무전기에 신호가 왔다.

—어미새. 어미새. 나와라. 이상.

“여기는 어미새, 아기새 말하라. 이상.”

—검은색 승합차가 한 대 따라붙었다. 쥐색 승용차 바로 뒤에 붙어서 따르고 있으니 확인 바람. 이상.

“당소, 카피. 쥐색 승용차의 정체는?”

—그냥 끼워서 의심을 피하려는 차량이다. 이상.

“아기새, 잠시 대기. 이상.”

무전을 잠시 멈춘 길은철이 몸을 돌려 차량 뒤를 살펴보았다.

"우릴 누가 쫓고 있다고 하는가?"

"아, 의원님, 그렇다고 합니다. 잠시만요. 확실하게 확인을 하고 말씀드리지요."

길은철의 시야에 들어온 차량은 까만 승합차와 쥐색 승용차 두 대였고, 까만 승합차가 쥐색 승용차 뒤에 바짝 붙어서 오고 있는 상황이었다.

"아기새, 어디서부터였나?"

—국회대로에서 강변도로로 좌회전할 때 따라붙었다. 여의서로에서 대기하고 있었던 것 같다. 이상.

여의서로라면 국회의사당 오른쪽에 있는 도로였다. 즉 여의도 서쪽 도로인 것이다.

이미 국회의사당과 권영진 의원 사무실을 오가는 동선에 대한 전반적인 지형 및 주변 도로 현황을 완전히 숙지하고 있는 경호팀이라 모를 수가 없었다.

이건 가장 기본적으로 알아야 할 사항이었다.

"알았다. 잠시 대기."

또다시 무전을 멈춘 길은철이 권영진 의원에게 말했다.

"의원님, 확실히 뒤를 쫓아오는 자들이 있습니다."

"함 보좌관에게 린치를 가했던 자들이오?"

"그건 잘 모르겠습니다만 놈들을 잡아 캐 보면 뭔가 나오지 않겠습니까? 근데 의원님은 괜찮겠습니까?"

현재의 심리 상태를 묻는 것이다.

"벌건 대낮인데……."

"놈들이 낮에 행동하는 걸로 보아 때와 장소를 가리는 것 같지는 않아 보입니다만 조금 더 지켜보다가 조치에 들어가도록 하겠습니다."

"조심하게나."

"감사합니다."

말은 부드럽게 하지만 얼굴 표정에는 마음을 굳힌 듯한 기색이다.

하지만 백주 대로에서 결과가 어찌 될지 모르는 싸움이 벌어진다는 데야 천생 먹물일 수밖에 없는 권영진 의원의 마음은 불안하기 짝이 없었다.

그런 심리를 풀어 주려는지 길은철이 말을 걸었다.

"의원님, 혹시 오늘 회의에서 발언을 한 적이 있습니까?"

"그야…… 하긴 했지. 늘 해 오던 발안이었으니까."

길은철의 말에 권영진 의원이 조금 전에 끝난 전체 회의에서 자신이 한 발언에 뭐가 문제인지를 떠올려 보았다.

—……해서 제로 금리인 일본 자금이 무차별로 유입되는 상황은 더 이상 좌시해서는 안 될 것입니다. 아울러 증거는 아직 확보하지 못했지만 일본 야쿠자 자금까지 시중에 나돌

면서 엄청난 고리로 서민들을 울리고 있다는 정보입니다. 고로 일본 자금이 한국 경제에 더 큰 파급을 미치기 전에 특별법을 제정하든가, 아니면 그에 준하는 법률을 마련해야 한다고 본 의원은 강력이 주장하는 바입니다.

'그거밖에는 없는데…….'

"외람됩니다만 혹시 내용을 알 수 있습니까?"

"뭐, 크게 비밀이 될 만한 것도 아니네. 일본 자금이 너무 많이 국내에 유입되는 통에 경제가 근간부터 흔들릴 수가 있으니 법을 제정해서라도 사전에 차단하자는 발언이었네만……."

"그것뿐입니까?"

"오늘은 그게 다였네."

치익.

또다시 무전기에서 김빠지는 소음이 들려왔다.

—어미새, 어미새. 검은 승합차가 쥐색 승용차를 추월했으니 조심하기 바란다.

본격적으로 작업에 들어갈지도 모른다는 소리다.

"어미새, 감 잡았다. 우회전해서 버드나무 길로 향할 것이니 아기새는 뒤따라오면서 충돌할 것에 대비하도록. 이상."

—당소. 카피! 이상.

"태천아, 성심병원 뒷길로 가자."

"알았다. 버드나무 길이 한갓진 곳이라 놈들을 유인하기에는 적당한 장소지."

"허어. 충돌이라니! 이 차로 말인가?"

"하하핫. 그럴 리가요."

"난 돈이 많지 않은 사람일세. 차를 좀 아껴 주게나."

"당연히 그럴 겁니다. 우린 그냥 잠시 우회해서 사무실로 가면 되니 차가 부서질 염려가 없지요. 그러니 그 점은 안심하셔도 됩니다."

"하면 아기새 팀에서 해결한단 말인가?"

"그렇습니다, 의원님."

길은철의 말처럼 조금은 원거리 경호를 하며 권영진 의원의 차를 따르고 있는 심종석 조인 1조와 계형일 조인 2조가 신속하게 움직이고 있었다.

치익.

심종석이 무전을 켜자 압력밥솥에서 김이 빠지는 듯한 거센 소음이 났다.

"당소 1조다. 2조, 나와라. 이상."

—당소 2조다. 귀소, 말하라. 이상.

"귀소, 상황을 인지했을 줄 안다. 이상."

—당소. 인지했다. 용건을 말하라. 이상.

주파수가 같아 무전을 켜 놓으면 오가는 내용을 모두 알 수 있었기에 더는 말이 필요 없었다.

"당소는 지금 행동에 들어가겠다. 이상."

—당소, 감 잡았다. 이상.

"당소. 다시 연락하겠다. 이상."

틱!

무전을 끝낸 심종석이 입을 열었다.

"만희는 준비하고 한수는 놈들을 앞질러 가서 가로막아!"

"알았어요."

꾸우욱.

부아아앙—!

한수란 사내가 액셀러레이터를 깊숙이 밟자 차량이 튕기듯 앞으로 튀어나갔다.

한수는 인천에서 차량 정비 센터를 운영하는 장지만의 직원으로 이번 경호에 차출된 사내였다.

한수 역시 장지만의 후배로 레이서 출신이라 운전이 무척이나 능숙했다.

당연히 앞서 가고 있던 두 대의 승합차를 추월하는 것은 시간문제였다.

"여기서 우측으로 꺾어!"

"옛!"

"한수야, 디귿 자로 돌아서 쾅! 무슨 말인지 알지?"
"그럼요."
"그렇다고 너무 세게 부딪치지는 말고."
"하하핫. 맡겨 주시라니까요."
부아아앙!
한수가 모는 차량의 속도가 조금 더 빨라졌다.
"2조, 나와라. 이상."
—당소, 2조다.
"지금 시작한다. 이상."
—당소, 카피.
"오케이. 만희야."
"난 준비 끝냈으니까 너나 점검해. 자, 네 두건하고 충정봉."
"어, 그래."
복면을 하려는지 오만희에게 두건과 충정봉을 받아 든 심종석이 물었다.
"최루탄은 한 방이면 되겠지?"
"당연하지. 무더위에 에어컨을 빵빵하게 트느라 창문을 꼭꼭 닫고 있을 테니까."
오만희가 깡통처럼 생긴 최루탄과 방독면을 들어 보이며 싱긋 웃었다.
끼기기긱.
심종석이 탄 차량이 버드나무 길에서 오른쪽 골목으로 꺾으며 심한 브레이크 음을 냈다.

이어서 이면도로를 돌고 돌아 재차 버드나무 길을 바라보게 된 시각은 금세였다.

즉 디근 자로 달리느라 우회를 했어도 한참이나 앞질러 온 것이다. 그것도 정태천이 모는 권영진 의원의 차량까지 앞질러서 말이다.

그만큼 한수의 운전 솜씨는 레이서 출신답게 빨랐고 또 노련했다.

하지만 확인이 필요했기에 버드나무 길로 진입하기 직전에 차량의 대가리만 내민 채 잠시 기다렸다.

부우웅.

“엇! 권 의원님 차다!”

심종석이 권영진 의원의 차량을 발견하자마자 순식간에 지나쳐 갔다.

재빨리 후미를 살피자 까만 승합차가 시선에 들어왔다.

‘쥐색 승합차는 옆으로 샌 모양이군.’

계속 뒤따라올 것이라 여겼던 쥐색 승용차가 마음에 걸렸던 심종석은 다행이라는 생각을 했다.

아무래도 시끄러워질 수 있는 소지는 없는 게 좋았던 것이다. 목격자들이 있을 것에 대비해 기동대 차림에다 경찰 신분증까지 위조해서 지니고 있던 참이다.

물론 쓸 일이 없으면 더 좋다.

'거리가…… 대략 50여 미턴가?'

뒤쫓는 승합차와의 거리다.

"내가 신호할 때까지 기다려! 하나, 둘, 셋, 넷, 다섯, 오케이! 한수야!"

"꽉 붙잡아요!"

부릉.

까만 승합차가 지척에 다가왔을 때 한수가 액셀러레이터를 슬쩍 밟으며 우회전을 시도했다.

이어서 세 사람이 눈을 질끈 감을 때, 당연한 반응이 나타났다.

키이이익!

쿵!

다급하게 브레이크를 밟는 흔적이 또렷하게 들려오는 순간, 둔중한 충돌음이 터져 나왔다.

그때였다.

서로가 반응할 사이도 없이 또다시 까만 승합차 뒤쪽에서 추돌음이 발생하면서 굉음을 냈다.

쾅—!

찰나, '벌컥!', '벌컥!' 하고 차량의 문이 열리면서 심종석과 오만희가 총알처럼 튀어나왔다.

연이어 추돌사고를 냈던 차량에서도 계형일과 김석원이 몸을 드러냈다.

두 사람 중 김석원만 방독면을 착용하고 있었다.

"악! 이, 이 새끼들은 뭐야!"

"아앗! 때, 땡벌 형님! 기, 기습입니다!"

"씨팔!"

툭!

느닷없는 기습에 땡벌 패들이 길길이 날뛸 때 잽싸게 문을 연 오만희가 최루탄을 집어넣었다.

일찌감치 준비를 해 두고 있었던 듯 최루탄은 바닥에 닿자마자 하얀 연기를 내뿜기 시작했다.

푸쉬쉬쉬…….

"이 새끼들이!"

스르르륵.

승합차의 문이 열리면서 사내가 하나가 머리부터 내밀며 기어 나왔다.

"어딜 감히 기어 나와! 나오길!"

빽!

"아악!"

충정봉으로 세차게 얻어맞은 사내가 대가리를 감싸고는 다시 기어 들어갔다.

그때 계형일과 김석원은 운전석과 조수석에 앉은 사내들에게 충정봉으로 마구 갈기면서 뒷좌석으로 밀어 넣고 있었다.

"빨리 안 기어 들어가!"
"이 새끼들이. 말 안 듣지?"
퍽퍽퍽퍽.
빡빡빡빡.
"악! 아악!"
"으아악. 그, 그만!"
쉴 새 없이 무자비해지는 매질을 견디지 못한 사내 두 명이 안으로 엉금엉금 기어 들어갔다.
"만희야! 어서 올라타!"
"오케이!"
김석원의 말에 오만희가 재빨리 운전석에 올라탔다.
철컥.
오만희가 운전석에 앉자마자 잠금 버튼을 눌러 차량의 문이란 문은 모두 잠가 버렸다.
푸쉬쉬쉬…….
그사이 좁은 승합차 안은 온통 하얀 연기로 가득 찼다.
이에 당연히 나오는 반응.
"에취! 에취!"
"우에취! 우에에에에취!"
"만희야, 한강둔치로 가!"
"알았어!"

점심 식사를 한 후 유상현 사장과 이기주 부사장과 지난 2 사분기 결산에 대해 얘기를 하고 나오던 담용은 휴대폰의 진동을 느끼고는 얼른 상담실의 문을 열었다.

덜컥!

"어? 죄, 죄송합니다. 아무도 없는 줄 알고 미처 노크를 못했습니다."

"아아, 괜찮아요."

담용이 황급히 사과를 하자, 여직원과 얘기를 나누던 이미례 부장이 살짝 미소를 지어 보였다.

"아무튼 실례했습니다. 그럼……."

"잠깐만요."

"예?"

"저기…… 진즉에 인사를 드려야 했는데……."

담용은 그 즉시 이미례가 하려고 하는 말을 감지하고는 쑥스러운 표정을 자아냈다.

"아! 예."

"많이 늦었어요. 고마워요."

"별말씀을요. 그럼, 말씀 나누십시오."

목례를 한 담용이 출입문을 닫고 나왔다.

그 모습을 본 예쁘장한 여직원이 손으로 입을 가리며 웃어 댔다.

"호호홋. 부장님, 육 팀장님이 당황하는 모습이 재밌네요."

"쯧. 은지야. 그러면 못써."

은지라 불린 여성은 이미례 부장이 이끄는 특수영업팀의 고은지 과장이었다.

"이미 나갔는데요, 뭐."

"얘. 너…… 육 팀장 어때?"

"좋죠. 저만한 신랑감은 보기가 드물죠."

"그럼 대시해 보지그래?"

"에효! 이미 물 건너갔대요."

"엉? 벌써 장가를 갔어?"

"그게 아니라요, 설수연의 말로는 애인이 있다고 하더라고요."

"아! 애인이 있었어?"

"네. 그렇지 않으면 설수연 고것이 옛날에 찜했을 거라고 하더군요."

"호호홋. 누군지 모르지만 복이 터진 여자네."

"근데 전 좀 의심스러운 것 있죠?"

"뭐가?"

"설수연이 지나고 보니까 생각나는데 일에 미쳐서 사는 사람이 연애할 시간이 있겠냐고 했어요."

"갠 송동훈 과장이 있잖아?"

"아! 지금이야 그렇죠. 그냥 제게 살짝 귀띔해 준 말이에요."

"하긴 유 선생님도 그러더라. 보통 사람들은 상상도 하지 못할 분량의 일을 해낸다고 말이야."

"호호호. 그래서 좀 더 지켜보다가 슬쩍 다가가 보려고요."

"후후훗. 잘해 봐."

"네에. 부장님도 좀 도와주세요. 육 팀장님이 유 선생님과 친하게 지내는 것 같으니까요."

"알았어."

한편 담용은 가슴을 쓸어내릴 정도로 식겁을 한 것처럼 숨을 크게 불어냈다.

"휘휴우—!"

'이그…… 칠칠치 못하게시리…….'

담용은 맞은편에 있는 상담실의 문을 두드렸다.

조금 전의 실수를 반복하지 않기 위해서였지만 마침 비어 있는지 아무 반응이 없었다.

덜컥.

'아무도 없네.'

얼른 들어선 담용이 송신기에 대고 말했다.

"여보세요? 육담용입니다."

—어? 나야. 길은철.

"오! 은철아, 웬일이냐?"

—오늘 한 건 했으니까 전화했지.

"엉? 하, 한 건이라니? 뭔 말이야?"

ㅡ권 의원님을 습격하려던 놈들을 잡았다니까 그러네.

"어? 정말?"

ㅡ응. 근데 권 의원님이 야쿠자들의 자금이 시중에 유통되고 있다는 증거가 필요하다고 그러시더라.

"뭐? 그 말은 또 어디서 나왔어?"

ㅡ이미 오래전부터 그런 발언을 해 오셨던 모양이더라고. 오늘도 정보위원회 회의에서 그런 발언을 하셨고.

"그런 말을 직접 하셨다고?"

ㅡ응. 권영진 의원의 말에 의하면 시중에 야쿠자 자금이 돌아다니는 증거만 들이댈 수 있다면 여당에서도 법안을 제정하는 데 반대하지 않을 것이라고 하더라.

"조금만 관심이 있어도 쉽게 알 수 있는 일인데 그냥 법안을 제정하면 안 되나?"

ㅡ그게…… 일본 놈들 눈치를 좀 봐야 하는 모양이더라고. 증거가 있다면 좀 다르겠지만…….

"하긴……."

담용은 굳이 더 묻지 않아도 대충 이해가 가는 소리라 더 말을 잇지 않았다.

일본과는 원수니 악수니 해도 지난 세월 동안 떼려야 뗄 수 없는 관계가 되어 버린 지 오래였다.

정치, 경제, 사회, 문화, 스포츠 등 그리고 이외에 모든 방면에서도 말이다.

하다못해 하잘것없는 부속 쪼가리 하나라도 일본에서 수입을 해와 끼워 맞추는 실정이다 보니 그런 면이 없지는 않을 것이다.

그렇듯 일본과는 걸려 있는 게 하나둘이 아니다 보니 조금 아니다 싶은 것도 제 할 말을 못 하고 넘어가는 경우가 허다했다.

그렇듯 일본과는 미우니 고우니 해도 대추나무 연 걸리듯 다방면으로 연관되어 있어 칼로 무를 자르는 것처럼 단칼에 끊어 낼 수 있는 사이가 아니었다.

이는 곧 무슨 사건이든 협상할 수 있는 길이 수없이 많다는 것을 의미했고, 반면에 협상이 제대로 이루어지는 것이 없다는 말과도 일맥상통했다.

"은철아, 내가 어떻게 해 주길 바라냐?"

—어떡하긴? 네가 권 의원님을 한번 만나 보면 어떨까 싶어서 전화한 거지.

"내가?"

—그래. 네게는 증거물도 있잖아?

혼토에게서 강탈한 돈과 물품들을 말함이다. 하지만 공개하기에는 너무나 예민한 문제라 선뜻 대답이 나오지 않았다.

"흠. 생각을 좀 해 보자."

—그렇게 해. 그리고 이 기회에 우리도 권력층과 관계를

맺어서 필요할 때 도움을 받는 건 어때?

"야! 그딴 게 왜 필요해?"

—그냥 그래야 될 것 같아서 말해 봤다. 아니면 말고.

"그건 일단 보류!"

—짜식. 알았다.

"참! 놈들의 배후가 어딘지 알아냈어?"

—가든파라고 하던데?

"가든파? 거긴 또 어디야?"

—마포 가든호텔이 있는 도화동에 있단다.

"호텔 이름을 딴 거였군?"

—그런 모양이다. 두목은 신동주라고 하는데 별명이 짱구란다.

"거덜 내 버려야겠군."

—아무래도 사주한 놈을 알아내려면 그래야겠지. 그것도 신속하게 말이다. 지 새끼들한테서 연락이 안 오면 어떤 조치를 할지 모르잖냐?

시간을 지체하면 할수록 골치가 아파진다는 소리다.

"얼마나 지났지?"

—이제 두 시간 정도?

"알았다. 내 곧 연락하도록 하지. 계속 수고해 줘."

—하핫. 네 할 일도 많은데 여기는 걱정하지 말고 일봐라.

"그래."

탁!

통화를 끝낸 담용이 잠시 갈등하더니 다시 폴더를 열고는 번호를 눌렀다.

"나 참, 오랜만에 정인 씨랑 데이트 좀 하려고 했더니 안 도와주네."

몇 번이나 신호가 가도 상대편에서 받지를 않는다.

'회의 중이신가? 왜 이리 안 받으시지?'

그런데 핑계 김에 전화를 끊을까 하는데 신호음이 끊겼다.

'젠장. 안 되는 놈은 뭘 해도 안 되는군.'

신호음이 다 돼서 끊어진 것이 아니라 상대가 전화를 받았기 때문이었다.

어쨌든 내심이야 그랬지만 자동적으로 부동자세가 되는 담용이다.

"필승! 여단장님 육담용입니다!"

—여어! 육담용이, 잘 있었나?

"옛! 덕분에요. 여단장님께서는 건강하십니까?"

—나야 건강하지. 그리고 자네 덕분에 시설이 많이 개선돼서 이제 근무할 만하다네.

"하하핫. 다행입니다."

—그래, 무슨 일인가?

"여쭤 볼 게 있어서 전화를 드렸습니다. 시간이 되겠습니까?"

—자네라면 시간을 내야지. 뭐가 궁금한가?

"권영진 의원에 대해서요."

—아아. 내가 그 친구 경호를 부탁을 했었지? 잘하고 있나?

"예. 오늘 기습이 있었는데 전우들이 잘 해냈다고 하더군요."

—쯧! 말세로군. 치안이 그래서야 원…… 내 한마디로 말하지. 괜찮겠나?

"옛! 하십시오."

—권영진 의원, 그러니까 내 절친한 친구를 많이 도와주게. 조건 없이 무조건! 이건 자네 옛 상관으로서도 부탁을 하지만 동시에 장래 자네 처외삼촌 자격으로도 부탁함세.

"그럴 만한 가치가 있는 인물입니까?"

—적어도 내가 본 권영진 의원은 그래. 내 장담하지. 학창시절 때부터 겪어 본 그 친구는 장래 대통령감이라고. 뭐, 대통령이 아무나 되는 건 아니지만…… 정치 경력만 좀 더 쌓고 든든한 배경이 받쳐 준다면 절대 빈말이 아닐세.

"하하핫. 여단장님께서는 국방부장관감이시고요?"

—예끼! 이 사람아. 농이 아닐세.

"하하하. 지금 진심으로 하는 말씀이시죠?"

—그렇다네. 난 자네가 적극적으로 나서서 도와주면 좋겠어.

"알겠습니다. 그렇지 않아도 지금쯤 정계 쪽에 한 사람 정도 아는 분이 있었으면 하던 참이었습니다. 하면 여단장님을 믿고 권영진 의원 쪽으로 붙도록 하지요."

—잘 생각했네. 나도 할 수 있는 한 적극적으로 지원하도

록 하겠네. 당장 도와줄 건 없는가?

"아직은요. 대신 권 의원님께 저에 대해 말씀 좀 해 놓으십시오. 저를 생판 모르고 만나는 것보다 조금 낫도록 말입니다."

—그 문제는 내가 알아서 하지. 다른 건?

"없습니다."

—좋아. 그건 그렇고 자네, 연애 사업은 잘되어 가고 있나?

"하핫. 그게……."

—쯧! 매형 말대로군.

"예? 정인 씨 아버님께서 무슨 말이 있었습니까?"

—그래, 인석아.

"무, 무슨 말을 하셨는데요?"

—네가 정인이를 싫어하는 것 같다고 하더라.

"히이익! 그게 무슨 말입니까? 제가 정인 씨를 싫어하다니요?"

—그럼 아냐?

"당연히 아니지요. 웬 벼락 맞을 말씀이래요?"

—인석아, 그럼 빨리 다음 순서가 있어야 할 것 아냐?

"하! 그게 말이죠. 그게……."

—알아. 전번에 심종석에게 들었어. 자네가 눈코 뜰 새 없이 바쁜 사람이라는 것 말일세.

"죄, 죄송합니다."

—정인이가 성격이 무던해서 자네에게 재촉하는 따위의

행동은 하지 않을 걸세. 내 말이 맞지?

"예. 정인 씨는 그런 여자지요."

—하지만 한없이 기다리게 하지는 말게나. 누님도 말은 하지 않고 있지만 정인이의 과거도 있고 해서 초조한 마음인 건 마찬가지일걸세. 이해하나?

"예. 말씀을 듣고 보니 제가 너무 제 생각만 한 것 같습니다."

—그래. 일단 자네 사람을 만들어 놓고 조금 소홀히 한다고 해도 부모들은 뭐라고 안 하지. 걱정도 덜 하게 되고.

"알겠습니다. 조만간 약혼식이라도 할 수 있게 의논을 해 보겠습니다."

—프러포즈는 했고?

"그, 그게……."

—쯔쯔쯔…… 총체적 난국이구만그래.

"죄, 죄송합니다."

—뭐, 잘 알아서 하리라 믿네. 이만 끊지.

"옛! 필승!"

큰 소리로 구호를 외친 담용이 폴더를 살며시 닫더니 또다시 긴 한숨을 불어냈다.

"에고! 오늘 왜 이리 식겁할 일이 많누."

실제로도 이마에 식은땀이 송골송골해진 담용이 문고리를 잡을 때다.

디리리. 디리리리…….

"엉?"

얼른 폴더를 열고 액정을 보니 전혀 모르는 전화번호다.

"여보세요? 육담용입니다."

―아, 난…… 최형만이라는 사람이올시다.

"예? 누구……시라고요?"

―크흠. 일전에…… 역삼동 도로에서 못난 꼴을 보이며 신세를 진 사람이라면 알겠소?

그 말에 잠시 미간을 모으던 담용이 뭔가 생각이 났는지 퍼뜩 대답했다.

며칠 되지도 않았건만 그새 까마득히 잊고 있던 사람이어서다.

"아! 예, 압니다. 몸은 좀 괜찮으신지요?"

일단 가장 궁금한 안부부터 물었다.

―허허허. 적절한 응급처치 덕분에 질긴 목숨을 또 연명하게 되었소이다그려.

"별말씀을요. 누구라도 선생님의 처지를 봤으면 저처럼 행동했을 것이니 꼭 제 덕이라고 할 수도 없습니다. 아무튼 건강해지셨다니 다행입니다."

―그래서 고마운 마음을 전해야 할 텐데 어찌했으면 좋을지 모르겠소이다.

"선생님, 그러실 필요 없습니다. 뭘 바라고 한 일도 아니고 우연히 지나다가 선생님을 발견했을 뿐입니다. 그러니 그냥 이렇게 전화를 받은 걸로도 충분합니다. 전 정말로 괜찮습니다."

—허허허. 그 마음이야 잘 알지만 내가 괜찮지를 않소이다. 그러니 이렇게 하면 어떻겠소?

"예?"

—사람을 보낼 테니 수고스럽더라도 나를 잠시 만나 주는 걸로 말이오.

"그 정도는 어렵지 않은 일이지만 괜히 바쁜 분의 시간을 뺏는 것 같아 죄송스럽습니다."

—그럼 허락한 걸로 알겠소. 하면 시간은 언제가 좋겠소? 가능하면 8월 15일자는 제외하고 담용 군이 편한 시간대로 잡으면 되겠는데…….

8월 15일이면 광복절이다.

국정원에서 꽤나 높은 신분일 것 같은 사람이 한가할 수는 없는 일이니 광복절에 만나는 것을 피하는 것이리라.

'쩝. 미첼 씨가 언제 올지 모르는데…….'

SG모드의 영암목장 건이라는 큰 거래가 걸려 있어 한 치도 소홀히 할 수 없는 입장인 담용이다.

거래 금액이야 600억 내외라지만 수수료가 그 어떤 계약보다 컸다.

무려 10%! 곧 세전 60억인 것이다.

게다가 역삼동 역세권 토지와 종로구 서린동 건물까지 주경연 회장이 매입한다고 했으니 그 수수료 역시 적지 않다.

고스톱에서 흔히 말하는 1타 3피인 격, 가히 평생을 놀고 먹어도 될 만한 수입인 것이다.

하지만 말로야 겸손을 떨긴 했지만 누구보다도 만나고 싶은 사람 또한 최형만이라 거절할 수도 없었다.

고위급 신분을 이용하려하기보다는 서로 윈윈할 일이 많을 것 같아서였다.

이를테면 담용이 보지 못하고 생각하지 못하는 부분을 최형만의 위치에서는 볼 수 있는 것이 많다는 것이다.

거기에 담용이 지닌 능력이 곁들여진다면 금상첨화가 아닐까 싶다.

챠크라의 능력.

경지가 높아질수록 묻어 두기보다는 한 번쯤은 국가를 위해 써 보고 싶었던 담용이었다.

게다가 날이 갈수록 점점 혼자 묻어 두기에 부담이 되고 있는 시기이기도 했다.

동시에 누군가 이런 능력을 알아주고 또 같이 공유해 일을 도모했으면 바람도 생겼다.

물론 평범한 사람과는 그럴 마음이 없다.

사람을 무시해서가 아니라 보다 큰일을 할 수 있는 인물과 같이 함으로써 능률을 극대화하고 싶은 마음이었다.

자리가 사람을 만들 듯 직급이 높아질수록 시야도 넓어지게 마련이라 듣고 보는 것이 많다면 그만큼 중요한 일이 있을 것으로 본 것이다.

다시 말해 일상의 탈출을 하듯 가끔씩은 지금의 울타리를 벗어나 뭔가 스릴이 있고 극적인 긴장감을 맛보고 싶은 것이다.

이는 어제오늘 먹었던 마음이 아니라 챠크라의 경지가 쑥쑥 커질 때부터 자리를 잡았던 결심이었다.

그냥 지니고 있기에는 너무 아까운 능력이랄까 하는 그런 아쉬움 같은 것이다.

하지만 당장은 그저 감사하고 겸양하려는 만남의 자리일 뿐이다.

그리고 최형만의 속내를 모르는 터라 성급하게 말할 성질도 아니었다.

그 무엇보다도 신중하고도 신중해야 할 일.

'최형만 씨와는 할 말이 많겠는걸.'

그럴 것 같은 예감이 먹구름같이 짙게 다가왔다.

'그래. 쇠뿔도 단김에 빼랬다고…… 일단 오늘은 권영진 의원의 일을 먼저 처리하고 이분은 내일로 약속 잡지 뭐.'

그러면 미첼 씨와의 일도 중복이 되지 않을 것 같았다.

결정을 내린 담용이 입을 열었다.

"선생님, 내일 점심시간은 어떠세요?"

—담용 군만 괜찮다면 나야 상관없소만…… 아직은 휴가

중이라…… 허허헛.

"그런데 장소는……?"

—아! 내가 사람을 보내리다. 어디로 보내면 좋겠소?

"그 시간엔 사무실에 있을 겁니다."

—알았소. 사무실 근처에 도착해서 전화를 하라고 하겠소.

"어? 제 사무실을 아시는지요?"

—허허헛. 다 아는 수가 있소. 그럼 내일 봅시다.

"아, 예."

다음 권으로 이어집니다

ROK MEDIA

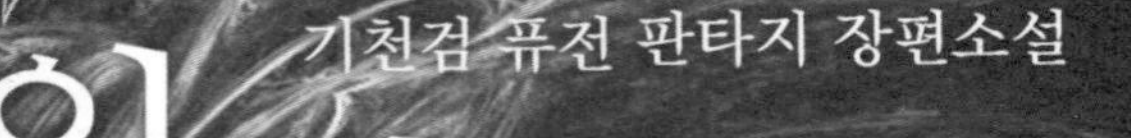

윈드 오브 파이어

Word of Fire

『하이로드』『미토스』의 '기천검'
노블레스 오블리주의 로망이 질주한다!

조선 시대, 양반들에게 비참하게 짓밟히던 백정
왜적을 물리치고도 역적으로 몰려 처형되는데……

처절했던 삶에 대한 보상인지 전생을 기억한 채 태어난 곳은
전 대륙에서도 알아주는 짱짱한 가문에
소드 마스터 아버지, 동생에게 껌뻑 죽는 검술 천재 누나까지
전생과 완벽하게 상반된 환경!

하지만 이곳 역시 약자가 죄인인 세상
가장 밑바닥의 전생을 거치고 빛나는 자리에서
아래를 굽어보다 참된 귀족의 길에 눈뜨지만……

두 개의 삶, 단 한 명의 영웅
힘 있는 자들을 향한 통렬한 질타
뜻을 세운 순간, 대륙의 판도가 뒤바뀐다!